青苹果文库

成长的味道

美德系列

人格成长关键词 善良

# 灵魂最美的音乐

陈金龙★主编

卢吉如　黄丽旋★编著

广东省出版集团

全国优秀出版社　全国百佳图书出版单位

广东教育出版社

·广州·

**图书在版编目（CIP）数据**

善良：灵魂最美的音乐/卢吉如，黄丽旋编著.
—广州：广东教育出版社，2010.8（2012.2重印）
（青苹果文库. 美德系列：人格成长关键词.陈金龙主编）
ISBN 978-7-5406-7993-4

Ⅰ.①善… Ⅱ.①卢… ②黄… Ⅲ.①儿童文学—故事—作品集—中国—当代 Ⅳ.①I287.5

中国版本图书馆CIP数据核字（2010）第157281号

责任编辑：李红霞
责任技编：杨启承
装帧设计：何 维

广东教育出版社出版发行
（广州市环市东路472号12-15楼）
邮政编码：510075
网址：http://www.gjs.cn
广东新华发行集团股份有限公司经销
广东新华印刷有限公司印刷
（广东省佛山市南海盐步河东中心路）
889毫米×1194毫米 24开本 4.5印张 94 000字
2010年8月第1版 2012年2月第2次印刷
ISBN 978-7-5406-7993-4
定价：10.00元
质量监督电话：020-87613102 购书咨询电话：020-87621848

# 青苹果文库编委会

# 青苹果文库专家组

（按姓氏拼音顺序）

# 总 序

林 雄

迎着广东省建设文化强省的春风，《青苹果文库》（以下简称《文库》）出版了。这是我省宣传、教育、出版等部门共同努力打造的第一套成系列、全方位的关于未成年人思想道德教育的课外读本，也是广东未成年人思想道德教育的标志性出版物，是广东省建设文化强省系统工程的重要组成部分。

法国大作家雨果说："人民的伟大不是以他的数量来衡量，正如一个人的伟大不是以他的身高来衡量一样。衡量伟大的唯一尺度是他的精神发展和道德水平。"

改革开放以来，广东省迅速以其"敢为天下先"的勇气和努力成为经济强省。广东人"口袋"富有起来之后，面临着"脑袋"也需要富有的问题，面临着建设文化强省的大机遇。

当今时代，文化因素已成为经济竞争的核心因素，谁拥有强大的文化软实力，谁就能够在激烈竞争中获得主动。可以说，拥有了文化，就拥有了未来。正如中共中央政治局委员、广东省委书记汪洋所言：一个健康的社会如果没有绚丽多彩的文化艺术，就像大自然没有阳光、空气和水一样，是无法存续的。广东当前处于转变经济发展方式的关键时期，离开文化谈科学发展、和谐社会建设，无异于缘木求鱼。要准确提升我省文化软实力，其第一着力点是要紧紧抓住提高公民素质这一核心。文化建设从根本上讲是人的建设，文化竞争力本质上说是人的文化素质的竞争，提升文化软实力，基础在于提高公民素质。只有不断提高全体公民的思想道德素质和科学文化素质，人们的理想信念才能树立，民族的凝聚力、向心力才会形成。而提高公民素质的重中之重，要从未成年人思想道德建设抓起。

鲁迅先生也说过，“立国必先立人”，“人立而后凡事举”。一个民族的首要大事，没有比用智慧和道德去训练青少年更为重要的。聪明和善良的人是一个国家的力量所在，这样的人比财富和武器更加重要。未成年人就像果园里的青苹果，青翠欲滴，充满希望，又难免困惑、迷茫，散发着人生独有的青涩味。他们需要充沛的阳光、肥沃的土壤和甘甜的雨露，驱赶病虫害的滋扰，成为饱满、成熟的果实。《文库》以“青苹果”命名，寓意即在此。

《文库》贴近未成年人的思想道德实际，并根据不同年龄学生的认知能力，合理确定由低到高的阶段性德育目标和内容，增强针对性和实效性，适合未成年人阅读特点，集知识性、科学性、趣味性于一体。《文库》寓教于乐，润物无声，希望可以开启未成年人心智之门，为其提供精神的阳光、雨露，使他们成为智力和品格都健全发展的新时代公民。我们希望《文库》能为未成年人心灵的成长与正确价值观的养成提供充足的营养，引导未成年人开始对自我、人生与社会的探索，并以此来回应联合国教科文组织向全体世界公民提出的“学会认知”、“学会做事”、“学会共同生活”、“学会生存”等有关未成年人教育的重要命题。

希望我省中小学校能够切合实际地充分利用《文库》各系列丛书所体现的智慧和经验，在未成年人思想道德教育方面取得更理想的效果，为广东的人才强省建设打好坚实的基础。

**（作者系中共广东省委常委、宣传部长）**

# 目录

## 生活不会亏待善良的人 / 47

## 播种善良，我行我善 / 71

JUANSHOUYU

# 卷首语

有一种人总是崇尚好人，
有一种人总是帮助穷人，
有一种人总是不忘恩人，
有一种人总是心疼老人。
我看这样的人有颗善良的心，
我说这样的人是善良的人。

有一种人总是关心友人，
有一种人总是善待生人，
有一种人总是体谅别人，
有一种人总是牵挂亲人。
我看这样的人有颗善良的心，
我说这样的人是善良的人。
要做就做善良的人，
要爱就爱善良的人。
善良是春，比春还暖，
善良是金，比金还纯。

——张迪

正如歌中所唱：善良是春，比春还暖；善良是金，比金还纯。

善良是灵魂燃烧过的舍利——如火熄而碳犹暖，花谢而风仍香。它总是以最质朴的形式在人与人之间传递：一抹由衷的微笑；一句美丽的谎言；一声真诚的问候；一次敦厚的宽容；一份真切的理解；一次无私的援助……

人类善良的暖流，能医治心灵和肉体的创伤。让失落的人心重燃希望之光；让平凡的人生平添几分高贵与美丽；让迷途的人们找回正确的航向；让受伤的心灵得到温暖的安抚；让卑微的灵魂变得高尚……

上善若水。每个人都需要学会优雅地行善，让善良的源泉自然地流向那些需要滋润的心田，洒向人间都是爱！

善良的种子要及早播种，给予阳光和土壤，让它如春日晴空下的蒲公英种子，借着微风的力量，飘向心灵之田的角角落落，落地，生根，发芽，开出一片灿烂的生命之花。当岁月的风轻轻拂过时，它就会迎风摆动，弹奏出灵魂最美的音乐。

# 处处是善良

善良，是一种世界通用的语言，它可以使盲人感到，聋子闻到。

——马克·吐温

“人之初，性本善”，善良是人的本性。生活中处处都有善良：它是心存善意，不恶意伤人；它是宽宏大度，不记恨别人；它是心怀感激，不冷眼旁观；它是善待生命，远离残暴；它是扶贫助困，大爱无疆……善良就是拥有一颗美好的心灵，去关爱周围的世界！

# 1 一份心意

2007年2月16日，刚刚卸任的联合国秘书长安南，在得克萨斯州的一个庄园举办了一场慈善晚宴，旨在为非洲贫困儿童募捐。应邀参加晚宴的都是富商和社会名流。

在晚宴将要开始的时候，一位老妇人领着一个小女孩来到了庄园的入口处，小女孩手里捧着一个看上去很精致的瓷罐。守在庄园入口处的保安安东尼拦住了这一老一小，请她们出示请柬，但她们没有。

“很抱歉，除了工作人员外，没有请柬的人不能进去。”负责接待来宾的安东尼说。

“为什么？我们来表示我们的心意，难道不可以吗？”老妇人的表情很严肃，“可爱的小露西，她很想为那些可怜的孩子做点事，决定把自己储钱罐里所有的钱都拿出来，我可以不进去，但真的不能让她进去吗？”

“是的，这里将要举办一场慈善晚宴，应邀参加的都是很重要的人士。很高兴你们带着爱心来到这里，但是，我想这场合不适合你们进去。”安东尼解释说。

“叔叔，慈善的不是钱，是心，对吗？”一直没有说话的小女孩露西问安东尼。她的话让安东尼愣住了，看着小女孩纯真的脸庞，他不知如何回答。

“我知道受到邀请的人都是富人，他们会拿出很多钱。虽然我没有那么多，但这是我所有的钱啊！如果我真的不能进去，请帮我把这个带进去吧！”小女孩露西说完，恳切地将手中的储钱罐递给安东尼。

正当安东尼不知所措的时候，突然有人说道：“不用了，孩子。你说得对，慈善的不是钱，是心。你可以进去，所有有爱心的人都可以进去。”说话的是一位老头，他面带微笑，站在小露西身旁。他拿出一份请柬递给安东尼：“我可以带她进去吗？”

安东尼向老头敬了个礼：“当然可以了，沃伦·巴菲特先生。”

当天慈善晚宴的主角不是倡议者安南，不是捐出300万美元的巴菲特，也不是捐出800万美元的比尔·盖茨，而是仅仅捐出30美元零25美分的小露西，她赢得了最多最热烈的掌声。而晚宴的主题标语也变成了这样一句话：“慈善的不是钱，是心。”第二天，美国各大媒体纷纷以这句话作为标题，报道了这次慈善晚宴。看到报道后，许多普普通通的美国人纷纷表示要为非洲那些贫穷的孩子捐赠。

### 心灵感悟

善良没有大小之分，只有有无之别。不要因为自己的财富有限、能力有限而错过行善的机会，因为善良的真谛是行善的心意。

# 2 心底盛开花一朵

因为昨天熬夜，今天早上起床晚了，我随手抓起包包就跑出了家门。幸好一到车站就碰上了公车，真是万幸。不过，匆匆上了车，我才发现公交卡没带。

司机倒是不错，可能是看我不像经常逃票的人，才没有把我撵下去，只是让我在皮包里继续找零钱。

车子开动了。我开始翻找零钱，司机也善意地冲我笑了笑。可我把身上里里外外翻了个遍，除了几张百元整钞，始终没有找到一个硬币。那种尴尬和狼狈是从来没有过的，面对车厢里几十人诧异的目光，我恨不能马上掏张百元大钞扔进投币箱，以此证明自己的清白。

可是，作为打工族，我又心疼自己辛辛苦苦赚来的百元大钞。正当我犹豫不决时，一个粗哑的声音从背后传来：“小伙子，我这里有一块钱，你拿去。”我回头一看，说话的是位老太太，满脸黑色的皱纹，一套灰色的纱布衫，头上裹了条很旧的白毛巾，脚穿一对褪了色的绣花鞋——一个典型的外地老太太。言语间，她已经替我把一块钱投了进去。我慌忙说：“那怎么可以，我怎么还您的钱呢？”

老太太笑了：“一块钱，还什么？又不是一万元。”这时，我发现车里的人都冲我和老太太笑了，这种让我捉摸不透的笑容使我越发不安起来。她们越是这样，我越不好意思，便迫不及待地说："大娘，要不这样吧，我和您一道下车，您等我几分钟，我去买包香烟，换到零钱后就给您。"老太太又笑了："我下站就到了，下午回山东济宁老家。我儿子一家都在南京打工，我是专门来看孙子的。三年前，我第一次在南京坐车时，不知道要投币，身上也没有零钱，就像你现在的样子，是一位好心的姑娘帮我投了一块钱，今天我正好有机会还这一份情谊。下次，如果你在车上遇见像你一样的粗心人，就替他投一块钱，算是你已经还我了。今天我把这一块钱暂时保存在你身上。"

听了老太太的话，满车厢的人都笑了，笑得那么灿烂、那么自然，充满善意。我也笑了，笑得满是感动。

### 心灵感悟

我们的生活中处处洋溢着朴实的善举，它就存在于周围最平凡的人身上。当别人有需要时，千万不要吝惜自己的举手之劳。

## 3　这也是一种施舍

有一次，俄国作家屠格涅夫在街上走着，一个乞丐——一个衰弱的老人挡住了他。老人红肿的、流着泪水的眼睛，发青的嘴唇，粗糙的衣服，缝合的伤口，无不让人心生怜悯。他呻吟着，喃喃地乞求帮助。屠格涅夫伸手搜索自己身上所有的口袋，既没有钱包，也没有怀表，甚至连一块手帕也没有，他随身什么东西也没有带。但乞丐在等待着，他的手，微微地摆动着、颤抖着。屠格涅夫茫然无措，惶惑不安，紧紧地握了握这只肮脏的、发抖的手。“请别见怪，兄弟，我什么也没有带。”

乞丐用那对红肿的眼睛凝视着屠格涅夫，发青的嘴唇微笑了一下，接着，他也照样紧握住了屠格涅夫那变得冷起来的手。“哪儿的话，兄弟。”他吃力地说道，“这也应当谢谢。这也是一种施舍啊，兄弟。”

没有金钱不应该成为拒绝善良的托词。屠格涅夫同乞丐的一次握手，不就是善举的一种体现吗？其实，一段热烈的掌声，一次深长的安慰，一个甜蜜的微笑，一声亲切的问候，一个真诚的抚摸，一次深切的牵挂，一句真挚的鼓励，无不是善良的体现。世界因为有了善良，才变得更加温暖而充满希望！

## 心灵感悟

我们不一定要用物质对他人表示善意，精神上的友善也能体现向善之美。无声无形的善良，也能暖人心田。

# 4　怀大爱心，做小事情

她创建的国际协会有 4 亿多美元资产，世界上最有钱的公司都乐意捐款给她；她的追随者遍布全世界一百多个国家；她认识众多的总统、国王、传媒巨头和企业巨子，并受到他们的仰慕和爱戴。可是，她住的地方，唯一的电器是一部电话；她穿的衣服，一共只有三套；她只穿凉鞋，没有袜子……她的一生，用她自己的话来说就是：“怀大爱心，做小事情。”

她就是曾获诺贝尔和平奖、深受世人尊敬的特蕾莎修女。由于她的死期与英国平民王妃戴安娜接近，有人便将二人相提并论。其实，她们是截然不同的。特蕾莎没有戴安娜的绝代风华，她个子瘦小，相貌普通，只有一颗美丽的爱心；戴安娜在卫生、安全的医院里和艾滋病人握手，会有记者拍下照片刊发在报纸杂志上，人们歌颂她的爱心；可特蕾莎不知多少次在污秽、肮脏的街道拥抱那些患有皮肤病、传染病的垂死病人，把他们带回自己的住处，照顾他们，安葬他们，却几乎没有人知道。

特蕾莎18岁时加入爱尔兰罗雷托修女会，并在都柏林（爱尔兰首都）及印度大吉岭接受传教士训练工作。她从在印度接受训练时起就一直不穿鞋，人家问她为什么，特蕾莎说，我服务的印度大众都太苦了，他们很多人没有鞋穿，我如果穿上鞋，就跟他们的距离拉得太远了。有一次戴安娜王妃访问印度，亲自接见特蕾莎，突然间发现特蕾莎的脚上没有穿鞋。事后她对人说：“我跟她握手的时候发现她没有穿鞋，而我脚上却穿了一双白色的高跟鞋，真羞愧呀！”

许多人谈到特蕾莎修女时，说她是个伟大的人，与她相比，自己实在太渺小了。特蕾莎修女却说：“我们都不是伟大的人，但我们可以用伟大的爱来做生活中每一件平凡的事。”

有一天，特蕾莎要到巴丹医院商量工作，在靠近车站的广场旁发现了一位倒在路上的老妇人，像死了一般。特蕾莎蹲下来仔细一看：老妇人用破布裹着的脚爬满了蚂蚁，头上好像被老鼠咬了一个洞，残留着血迹，伤口周围满是苍蝇和蛆虫。她赶紧替老妇人测量呼吸及脉搏，发现似乎还有一口气。她为老妇人赶走苍蝇，驱走蚂蚁，擦去血迹和除去蛆虫。特蕾莎心想，如果任她躺在那里，必死无疑。于是她暂时放弃了巴丹医院的计划，请人帮忙把老妇人送到附近的医院。院方一开始对这个没有家属的老妇人不予理会，在特蕾莎的再三恳求下，才愿意替老妇人医治。老妇人拉着特蕾莎的手，热泪盈眶地说：“我一生活得像条狗，而我现在像个人，谢谢了。”

1979年的诺贝尔和平奖授予了这位除了爱之外一无所有的“嬷嬷”，她把奖金全部捐献了出去。

后人这样称赞她：“她把一切都献给了穷人、病人、孤儿、孤独者、无家可归者和垂死临终者；她从12岁起，直到87岁去世，从来不为自己、而只为受苦受难的人活着……”

### 心灵感悟

我们都不是伟大的人，但我们可以用伟大的爱来做生活中每一件平凡的事。

# 5　爱人如己

10岁那年的一个下午，我家来了一个讨饭的中年女人。女人穿着破烂不堪的衣服，背着一个黑色的包，里面装着什么谁也不知道。她站在我家的门前，目光呆滞地对我母亲说："大姐，能给我一碗水吗？"

正忙着烧饭的母亲，看着这个面容憔悴、衣衫不整的女人，依然像对待客人一样，满脸热情。母亲将女人请到屋子里，给她倒了一杯水。她迅速喝下，似乎已经很久没喝到水了，那情景真让人心生怜悯。

"你饿吗？有刚刚做好的热饭，如果你饿了，可以吃一点。"母亲像对待任何一个来家里的客人一样对女人说。

女人望着母亲，母亲依然是满脸的微笑和惯有的热情。

"我想吃，但已经喝了你的水了，不好意思再吃你的饭了。"女人满脸污浊的脸上有一种贫穷的矜持。

母亲没有说话，她为讨饭的女人打来一盆水，拿来毛巾和香皂，让女人洗脸和洗手。

女人很听话地洗完了手脸，模样就显出了几分清秀。母亲又递给她一把梳子，让她把乱蓬蓬的头发梳理好。在母亲温柔的注视下，女人居然听话地拿着梳子把她那一头脏乱的头发梳好，扎了起来。我这才发现，原来她是一个并不难看的女人。

女人吃完了饭，坐在我家的屋檐下，对母亲讲起了她的故事。

女人说，自己原来生活是很幸福的，有爱自己的丈夫和可爱的儿子。但是后来，丈夫因病去世了，这对她来说本来就是个晴天霹雳，谁知4岁的儿子也被婆家强行带走了。她去婆家要孩子，可终因孤单无助而不能如愿。从小就是孤儿的她思子心切，又无生存的希望，只得一个人离开家去流浪。而今，身无分文，又无时不在思念着儿子，觉得生活已经失去了意义。

说着，女人已经是满脸泪痕。

母亲像对待熟识的姐妹一样安慰她："儿子固然是你的希望，但自己也是很重要的。一个人如果不能善待自己，还能有希望和机会去爱惜别人吗？如果你的儿子在长大成人之后希望找到你，可你却在外边这样不爱惜自己，他该多么难过！为了儿子，你应重新回到你的家乡……要像爱自己一样爱别人，更要像爱别人一样爱自己，这样的生活才会有希望和乐趣。"

女人听了母亲的话，居然笑了，她说她要回到家乡去，哪怕能听到儿子的消息也好，这也是支撑她活下去的希望。

母亲为女人找了一套干净的衣服让她换上，送女人出门。临走前，女人记下了我家的地址。

很快，我们把这件事情忘了。两年后，母亲接到了女人的信。在信里，女人已经带着幸福的满足感。女人说，经过努力，儿子已经回到了她的身边。有儿子陪伴的生活充实多了。她非常感谢我母亲，在她对生活最失望的时候，让她找到了生存下去的自信。

## 心灵感悟

像爱自己一样去爱别人，也像爱别人一样爱自己，善良的光辉由此更加动人。

# 6　一美元小费

这是一个候车室，拥挤，脏乱，嘈杂，每个人都在这个并不舒适的候车室里等待自己的列车。

在靠门的座位上坐着一个满脸疲惫的老人，身上的尘土及鞋上的污泥表明他走了很多的路，但老人的眼睛仍炯炯有神。列车进站，开始检票了，老人不急不忙地站起来，准备往检票口走。忽然，候车室外跑来一个很胖的中年妇女。她提着一个很大的箱子，看那吃力的样子，就知道这个行李已经超过她所能承担的重量。从那焦急的神情来看，她显然也是在赶这趟列车。可箱子太重，累得她呼呼直喘。胖太太看到那个老人，似乎看到了救星，冲他大喊："喂！老头，你给我提一下箱子，我一会儿给你小费。"那个老人想都没想，拎过箱子就和胖太太朝检票口赶。

他们刚刚检票上车，火车就启动了。胖太太抹了一把汗，庆幸地说："还真多亏你，不然我非误车不可。"说着，她掏出一美元递给那个老人，老人微笑地接过。这时，列车长走了过来，他一眼就认出了老人，忙上前说道："洛克菲勒先生，您好！欢迎您乘坐本次列车。请问我能为您做点什么吗？"

"谢谢！不用了，亲爱的列车长。我只是刚刚做了一个为期三天的徒步旅行，现在我要回纽约总部。"老人客气地回答。

"什么？洛克菲勒！"胖太太极其惊讶地拍了一下自己的头，叫了起来，"上帝，我竟让著名的石油大王洛克菲勒给我提箱子，居然还给了他一美元小费！我这是干了些什么！”她感到很羞愧，又有些内疚，急忙向洛克菲勒道歉，并诚惶诚恐地请洛克菲勒把那一美元退给她。“太太，你不必道歉，你根本就没做错什么。”洛克菲勒微笑着说道，“这一美元，是我挣的，所以我收下了。”说着，洛克菲勒把那一美元郑重地放在了口袋里。胖太太看到身家厚重的洛克菲勒没有嫌弃她的一美元，而是谦卑地收下，心里如释重负，坦然地坐在位置上，欣赏沿途美丽的风景。

### 心灵感悟

谦卑是对别人的一种尊重，尊重身边的人，无论是比你软弱的，还是比你贫困的，都是一种难能可贵的善良。

## 7 给仇人的面包

1941年10月的一天，整个莫斯科似乎被冰冻起来了。如果是在平日，这样的鬼天气，根本没有人愿意出门，但是在这一天，莫斯科的街头挤满了人。因为在斯大林的领导下，莫斯科保卫战终于取得了胜利。

就在这一天，上万名疲惫不堪、无精打采的德国战俘排成长长的纵队，在威风凛凛的苏联士兵押解下走进莫斯科城。

人们几乎倾城而出，纷纷拥上街头，欢庆保卫战的胜利。在宽阔的莫斯科大街两旁，围观群众人山人海，挤得风雨不透。在围观的人群中，大部分是老人、妇女和儿童。

苏军在战胜德国法西斯的同时，自己也付出了重大的伤亡。这些老人、妇女和儿童都是战争的受害者，他们当中许多人的亲人，都在这场非常残酷的战争中牺牲了。失去亲人的痛苦把原本温和、善良的人们激怒了，他们怀着满腔的仇恨，一双双愤怒的眼睛齐刷刷地向俘虏走来的方向注视着。

为了防止出现意外，大批的军队和警察组成一堵墙，挡在愤怒的人群前面。

战俘出现了，近了，更近了。围观的人群开始骚动，有人喊出“打倒法西斯”的口号，有人叫骂着让杀人的凶手偿命，人群潮水般地向前涌。负责维持秩序的警察企图阻止，却被汹涌的人潮冲得七零八落。最后警察和士兵手拉手组成人墙，好不容易才将人潮挡住。

此时，战俘已经来到人群面前，他们个个衣衫褴褛、步履蹒跚，每向前迈一步都十分艰难。他们有的头上裹着绷带，有的身负重伤，有的失去手脚躺在担架上，不断发出痛苦的呻吟。

面对激怒的人群，德国战俘呆滞、木讷的目光中充满了恐惧与惊慌。出于求生的本能，他们不住地后退。许多战俘本来就身负重伤、疲惫不堪，在遭受如此惊吓后便瘫软在地。担架上的重伤号被扔在地上，无力逃脱，拼命地哭号呼救。

这时，一位中年妇女在混乱中拼力挤过人墙，冲到一个受伤的战俘跟前，举拳便要打。

这是一个失去双腿的重伤号，他头上打着绷带，破烂的军装上沾满了血迹，脸上的稚气表明他绝对不会超过20岁。面对迎面挥来的拳头，他无力躲闪，瞪着惊恐的眼睛，发出绝望的哭泣。

蓦地，中年妇女停住了，木雕泥塑般站在那里。她怔怔地看着年轻的战俘，心头一阵剧烈刺痛，在这个年轻伤兵稚气的脸上，她仿佛看到了自己刚刚战死的儿子的影子！

妇女犹豫了一下，叹了口气，那只高举的拳头无力地垂了下来。妇女从怀里掏出一块用纸裹着的面包，轻轻地递到伤兵的面前。年轻的伤兵几乎不敢相信自己的眼睛，他用惊恐的眼睛盯着面包，不敢去接。直到妇女硬把面包塞到他的手中，他才如梦方醒，连裹在外面的纸都顾不上撕，就抓起面包狼吞虎咽起来，看得出他一定饿坏了。

看到伤兵饿成这个样子，妇女缓缓蹲下身子，用颤抖的双手轻轻抚摩着他头上的弹伤，失声痛哭起来！

悲恸的哭声震撼人心，骚动的人群一下子安静下来。人们惊呆了，一个个用惊异的目光注视着眼前的一切。空气仿佛一下子凝固了，整条大街一片死寂。

良久，人们才醒悟过来。这时，出人意料的一幕出现了：那些老人、妇女、孩子，纷纷拿出面包、火腿、香肠等各种食品，一齐向受伤的战俘拥去……

## 心灵感悟

学会原谅曾经犯过错，或是伤害过我们的人并不是一门容易的功课。但是，善良可以帮我们做到，宽恕别人也是一种善良。

# 8　路过的蚂蚁

在美国，我真正感受到了人与大自然的亲近与和谐。我们曾住过的公寓门口到处都是野鸽子，一到下雨天，它们就到各家的门廊底下躲雨。那时我刚从国内来，看着这些近在咫尺、满地咕咕叫的可爱大鸟，脑子里总会闪过那句“一鸽三鸡”的话，心想，这些肥肥大大、毫无防范意识的小生灵们，要是在国内，很有可能会成为很多人的盘中餐。

记得搬进新家后的第一天早上，打开后门，两只乌龟趴在我家门口，好奇地向门里张望。我觉得很稀奇，赶紧打电话告诉父亲。老父说龟寿延年，乌龟是长寿、吉祥的象征，让我高兴了好一阵子。后来，它们，还有鹿们，野兔们，都成了我们家的常客。我们种的蔬菜成了它们的晚餐。时常发现刚熟的西红柿被它们抢先享用了，弄得我好心疼。老公倒好，他说，你吃它吃都是吃，反正没有浪费，有什么不好。有一天，我们家还来了一只很大的老鳖，我们就把它当成了宠物，儿子可高兴了，他说小朋友都有宠物，他也终于有了。

每天早上，我总是在各种鸟儿的歌唱声中醒来。很多家庭都在门口为鸟儿准备好食物。我们家后院的花坛上有一个蘑菇形状的大石雕，是先前的房主留下的。一开始我以为只是一个装饰，后来才知道这叫Birdbath（小鸟洗澡盆），蘑菇顶正好是一个浅浅的水盆，专门让小鸟喝水和洗澡的。到了冬天，小鸟觅食越来越难，很多家庭都会为小鸟准备些食物，或做一个鸟巢，给它们一个冬天的家。邻居中有一位60多岁的单身老教授，他总是买上几十磅鸟食放在院子里，把鸟儿当成了他的朋友和家人。时常看到他坐在院子里，成群的鸟儿围着他唱歌。

我家对面住着三口之家，丈夫是州立大学哲学系主任，夫妇俩结婚十几年才有了第一个孩子，十分宝贝。小姑娘刚会走路，金发碧眼，像个小天使。我常常看见她赤着脚在外面玩。刚下完雨，外面会有一洼洼的积水。小女孩在水里嬉戏，脏水溅得满身都是，妈妈不但不责备反而和她一起嬉闹。有一回，我和她妈妈在她家门口聊天，小姑娘就坐在门口长廊的地上自己玩。突然，我发现小姑娘粉嫩粉嫩的小腿上爬着几十只蚂蚁，她非但没有受到惊吓，反而像接待好朋友一样很友善地看着它们。我不禁吓得大叫起来。因为在美国有一种从墨西哥过来的火蚂蚁非常毒，如果被它咬了，轻则会痒上好几天，重则会导致休克。而她的妈妈却和她一样平静，微笑着对我说：“没关系的，它们只是路过这里。”当时听了这话，我既吃惊，又惭愧。因为在这之前，我肯定伤害过不少本来对人并没有恶意，而只是过路的小蚂蚁。果然，过了一会儿，蚂蚁们离开了小姑娘，继续上路，小姑娘的腿也丝毫没有留下任何被叮咬的痕迹。

## 心灵感悟

当我们心存善念时，小动物、小昆虫也是能读懂的。一个真正善良的人，不只会善待身边的人，也会善待自然万物。

# 9　处处是善良

故事缘于一起平常而又不寻常的交通事故。

那时，我在居民小区从事物业管理工作，接到消息后第一时间赶到现场。现场很恐怖，一辆小四轮货车下面是一辆自行车和它的主人，静静地躺在一摊鲜血中。肇事的小四轮司机已不知去向。据目击者说，司机下车看了一眼，立刻拨打了“120”急救电话，然后就失魂落魄地离开了现场。

救护车与交警还未赶到，受害人突然自己从车下爬了出来。我们才发现他满身的“血”竟然是辣椒酱，明显的外伤只有左腿骨折。他口齿清晰地告诉我，他是郊区农民，是骑车来小区卖辣椒酱的，刚才是被吓晕了，自己伤得应该不重。

救护车与交警同时赶到。医生立刻对伤者进行了检查，结论是左腿被轧，其他部位看不出伤有多重，当然还要去医院做更详细的检查。我长舒了一口气，看来是虚惊一场。现在我要做的是帮助交警立刻找到那位肇事司机。

可就在这时，传来一个令人震惊的消息，肇事司机跑到一幢居民楼四楼的楼梯阳台上，然后纵身一跃。这真是节外生枝。从一个现场赶到另一个现场，那场景再次让人大吃一惊：司机好好地站在那里号啕大哭，而一位退休工人却倒在地上。

故事到这里就有点离奇了，原来，当肇事司机翻越护栏的时候，这位退休工人正好路过。情急之下他竟然勇敢地冲向前去，一把接住了那个坠落的身体。结果被救者安然无恙，老工人却折断了两根肋骨。整个事件因为老工人的见义勇为而变得富有传奇色彩，也就有了所谓的“新闻眼”。可当我的一位朋友采访老工人，问他事后有没有害怕时，他的回答是那样的朴实：“我不能眼见着一个生命在自己眼前消失，他要重跳一次，我还得接！”

本来很平常的事故，因为意外的原因，使它的善后处理变得错综复杂。

这位司机穷得家徒四壁，上有老母下有妻儿，就靠他一人的收入养家，单位为了照顾他，才让他开小四轮，跑跑厂里的短途运输。没想到才跑几天，就撞了人。所以面对飞来横祸，他心如死灰，只有一个念头：死！

那位老工人令人敬佩，当他了解到司机的家境后，拒绝了一切赔偿，自己付了医药费。而最让人担心的是那位受伤的农民，他完全可以在医院躺个一年半载，直到肇事方满足他的要求。如今，这样的例子很多。但事情的进展完全出乎我的意料，那天司机去医院探望伤者，当时有人问了他一个问题：“你自己都不想活了，为什么还记得打‘120’去救他？”他显然毫无准备，愣了一下说：“万一他还有救呢？”就因为这句话，感动了我们，也感动了伤者。第二天他就坚持出院，他说：“咱回家养着，咱可不能讹人家！”

如今想起来，整件事从头到尾都是善良！善良的人还真多！

心灵感悟

我们平凡的生活中，也许感天动地的高尚壮举并不是时时都有，但是处处都有善良的人，善良的事。我们不能苛求每一个平凡的人都用崇高的品德感天动地，但我们每个人都可以加入到善良的行列。

## 10 因善良而放弃

1901年，第一届诺贝尔和平奖评选委员会在世界范围内遴选有资格获奖的人选。各个国家，尤其是欧洲国家，都推荐了自己的候选人：有改变了一个民族命运的资深政治家，有义无反顾的反战人士，有为了两个民族和解不遗余力的世界名流。但是到最后，瑞典皇家学院毫无争议地将第一个诺贝尔和平奖颁发给瑞士银行家亨利·杜南。

亨利·杜南获奖的理由很简单：他因为善良，放弃了自己的一切!

19世纪中叶，欧洲战事频繁，几乎所有的国家都卷入了旷日持久的战争。1859年6月24日，杜南为了一个跨国银行业的生意途经意大利北部小镇索尔弗利诺，正赶上法国、撒丁国联军与奥地利军之间的一场恶战。战场上尸横遍野，死伤者达四万多人。无助的伤兵在烈日下痛苦挣扎，很少有士兵得到及时的救助。这个时候，他毅然放弃了去谈生意的计划，组织自己的随行人员和居民一同抢救伤兵、掩埋尸体。

工作了几天以后，他感觉一场战争仅仅依靠这样的救助，力量十分有限，效果并不理想，而且很容易被误解。这个时候，一个伟大的设想在他心中萌发了。他向国际社会呼吁，制定一项国际法律，对交战双方的战俘实行人道主义，保证伤员中立化。一旦发生战争，应不分国籍，不分民族和信仰全力抢救伤员，减少死亡。这一人道主义的提议，立刻在欧洲赢得了广泛的共鸣。瑞士日内瓦公共福利会选出了包括亨利·杜南在内的五人委员会，并于1863年2月17日在日内瓦召开了首次会议，由此红十字国际委员会的前身成立了。同年10月26日，欧洲16个国家的代表在日内瓦召开了首次外交会议，并一致通过了《红十字决议》，决定在各国建立救护团体。为了表示对亨利·杜南的敬意，其标志定为“白底红十字”（瑞士国旗为红底白十字）。1864年8月8日至22日，又签订了《红十字公约》，该公约规定：战场上进行救护的医院及人员处中立地位，应受保护；应对伤病员不分敌友均给予救护。至此，亨利·杜南理想中的救护团体“红十字会”正式诞生了。

而亨利·杜南因为全心投入红十字会救护工作，无暇顾及自己的事业，以至于破产，后来住在巴黎的贫民窟中，逐渐被人遗忘。1870年法国出现了巴黎公社的暴动斗争，他再度领导国际救护工作。他试图促使国际红十字会在非战时也能做天灾救援工作，但是其他人不同意他的观点。于是他离开了红十字会，流落在阿尔卑斯山的偏远村落中。

但是，世界并没有彻底遗忘这个因为善良而放弃财富的人。从1890年起，人们再度找到他，把许多国际性的荣誉奖颁发给了他。一百多年后，无数的银行家和企业巨人都消逝在时间的长河之中。但是，这个破产的亨利·杜南，却像他倡议成立的红十字会一样，仍然享誉世界。

### 心灵感悟

在我们身边，有许许多多的人因为善良而默默付出，不惜牺牲财富、时间和精力，有的甚至付出生命。但是，没有人对这样的付出感到遗憾，因为善良是永恒的人性之光。

## 11 178个孩子的“爸爸”

1969年，丛飞出生在辽宁省大洼县田庄台镇。因家庭贫困，他读完初二便辍学回家，四处拜师学艺，最终成为了一名歌手。

1994年10月，丛飞来到深圳，加入深圳义工联。他到四川参加失学儿童募捐义演，捐出身上仅有的2400元。主持人告诉他，这些钱可以使20个孩子重返校园。他非常感慨，原来自己可以帮助这么多孩子。

这场义演是他资助失学儿童的起点。此后，丛飞先后20多次赴贵州、湖南、四川、山东等地举行慈善义演，捐助贫困儿童。有几次，他甚至连身上穿的衣服都脱下来捐了出去。

2005年1月，丛飞参加了为东南亚海啸灾区举办的6场赈灾义演。那时，他患上了胃癌，连吃饭都难以下咽。然而，他以顽强的毅力坚持演出，还将用于治病的1.5万元捐了出去。看着孩子们的笑脸，丛飞感到无比快乐。随着时间的流逝，丛飞资助的贫困儿童越来越多。这些孩子每次看到丛飞，都亲切地称他为“爸爸”。

贵州省织金县有一个少数民族孤儿叫做晏语轻轻。丛飞第一次见到这个8岁的女孩时，就决定负责她的全部学费和生活费。春节时，丛飞将小姑娘接到深圳过年，并带她去医院检查身体，发现她患有肝炎。他亲自照顾她服药，资助她继续治疗。晏语轻轻感觉“爸爸”的爱无比温暖，觉得他永远充满力量。

晏语轻轻听说“爸爸”生病，伤心不已：“爸爸从来不生病的，现在怎么病得住院了？他是为抚养我们累病的。”她一次次地给“爸爸”写信，梦里都在祈祷“爸爸”早日康复。

织金县一中的女孩罗艳燕在给丛飞的信中写道：“爸爸，我非常感谢您，感谢您一直以来对我无限的爱。您不仅在物质上帮助了我，还在精神上给了我那么多的鼓励。在我的心目中，您早已经成了我真正的爸爸。我一生一世都不会忘记您。得知您病了，胃出血了，我心里特别难过，真恨不能让我来替您忍受病痛的折磨……”

一位大学生给丛飞打电话，说：“我是四年前接受您资助的一名大学生。以前一直以为您是一名歌手，一场演出费就能拿到一两万元，所以常提些额外要求，花起来也没觉得有什么不安心。我现在才知道您为了资助一百多个学生读书，承受了那么大的压力，连生病都舍不得花钱治，这是我无论如何也没有想到的，我为自己的不懂事愧疚极了！”

看着孩子们一封封情真意切的来信，听着孩子们一声声关切的问候，丛飞觉得所有的付出都是值得的。生病时，他给贵州的“儿女们”录下了一段话：“孩子们，爸爸不能亲自来看你们了，但爸爸很想念你们，希望你们好好学习，将来成为对社会有用的人……”

2005年6月15日，丛飞在病床上向家人提出了两个愿望——他要捐献他的眼角膜，把光明带给那些失明的人，并将自己的遗体捐献出来，用作医学研究。与此同时，他拒绝接受住宅局赠送的一套四房两厅的房子，他说：“只能向社会贡献，不能向社会伸手。”

2006年4月20日晚，丛飞走了。他留下了最后的心声：“与癌症苦苦抗争了十个月，我尽力了，医生们也尽力了。只是我才37岁，还有许多应该做而没来得及做的事情。‘壮志未酬身先死’，真是无比的遗憾啊！但人总有一死，这是无法更改的自然规律。请我的家人和给予我关爱的领导朋友们节哀！我活着的时候在舞台上带给大家欢笑，死后也不愿意看到大家为我悲伤。37年的人生旅程，我活着也有些价值。尽自己所能，为社会、他人奉献了一些爱心……”

丛飞的追悼会上，一直回响着他最喜爱并亲自参与作词、演唱的歌曲——《愿你幸福》：

“我是你过河的桥，是你乘凉的树，是你风尘仆仆那间歇脚的屋，那间歇脚的屋。只要你快乐，只要你幸福，只要你圆上好梦，我就不辛苦。只要你开心，只要你如意，只要你回头一笑，我就很知足。”

37岁的丛飞，用生命唱响人间大爱之歌，感动中国。

## 心灵感悟

大爱无疆！丛飞正是用无私的爱，唱响了灵魂最美的音乐——善良。

# 行善是一门人生的艺术

“他本想行善”这句话毫无意义，除非他确实这样去做。

——普劳图斯

行善是一门人生的艺术。有时，它需要你摇旗呐喊；有时，它需要你身体力行；有时，它需要你高调亮相；有时，它需要你悄悄付出……让善心行动起来，让善行更自然动人！

# 12 善良总是静悄悄

母亲在小城生活多年，耳濡目染之下，穿衣打扮的风格早已跟从前不同。加上她原本气质不错，走在大街上，也算是个时髦的城市老妈了。

奇怪的是每次回老家，母亲一定要摘下耳环，穿上洗得发白的休闲装，连鞋子和背包等细节也不放过，统统要换成最普通的。

我忍不住笑她："人家都是衣锦还乡，你这是干什么啊？"

母亲叹一口气说："我的那些老姐妹们都在乡下种田……"

母亲用心良苦，只是为了在和老姐妹们相聚时，不和她们拉开距离。

邻居家老太太年轻时守寡，含辛茹苦把儿子抚养成人，本指望可以安享晚年，哪知儿媳看她不顺眼，表面上和老太太一团和气，背地里却指桑骂槐，老太太常常独自垂泪。

母亲在家里常念叨老太太不容易，每次在做饭时，总会多煮两个鸡蛋，只要在门口看见老太太，就悄悄地把鸡蛋塞到她的手里。闲聊时知道老太太念旧，喜欢吃豆角做的"苦累"，母亲就不声不响地蒸好了，调上蒜汁，请老太太来吃。每次母亲都会说："甭跟别人说，悄悄地吃……"

老太太叹息着对母亲说："连自家的孩子都嫌弃我这把老骨头了，你对我这么好，图个啥呀？"

母亲不说什么，每次看老太太吃好了就高兴。

最近，小区旁边又搬来了一户人家，女儿正上高中，儿子从小患脑瘫。双双下岗的夫妻俩租了两间旧房子，靠卖菜维持生计，日子过得非常拮据。

母亲不但尽量买这夫妻俩的菜，还整理了家里的一些衣服，打算送给他们，又不知道是否合适。最终，母亲还是把那些衣服用塑料袋装好，趁天黑时悄悄放到他们家门前。

夫妻俩卖菜回来，丈夫先发现了那个塑料袋，给妻子看了看，便拿回屋里去了。

第二天，我那件只穿过一次、因为缩水而有点短的连衣裙，穿在了他们的女儿身上，颜色和款式都很合适。

“外婆，你这是做好事不留名啊！”外甥女说。

“这样才好，没有心理负担。”母亲暗暗地松了一口气，拎起篮子又去买菜了。

母亲没上过几年学，识不了多少字，她一辈子也没有说过“人之初，性本善”这样深奥的句子，但她却用自己的行动，点点滴滴地向我们证明：善良，原来有另一种方式，无须张扬，不需要回报，悄悄地，最好。

## 心灵感悟

善良就是对他人尊严安静的维护，是对他人伤痛最贴心的关怀。无须华丽的语言也不图回报，最质朴的行动就是善良的真谛。

# 13 泰晤士河边的硬币

由于远在英国伦敦的孙女没有人照顾，老太太放下在台湾的一切工作，远渡重洋，来到这个浪漫之都陪她心爱的孙女。

因为奶奶的到来，小女孩显得格外高兴。她比奶奶熟悉伦敦，也知道奶奶喜欢散步观光，所以就暗暗地下了一个决定，一定要带奶奶去看看这个美丽的城市，让奶奶爱上这里，再也不要回台湾了。

小女孩天天牵着奶奶到处游玩。有一天，她们散步到了不受汽车和城市噪声干扰的圣保罗大教堂附近，一边欣赏泰晤士河上的新千年桥，一边观看偶尔从身旁经过的老式出租车，新貌旧颜，令人心旷神怡。老太太突然在鹅卵石铺就的道路上看到一枚硬币，俯身拾起来一看，是一枚2便士的硬币。是谁粗心大意把钱丢了？小女孩打趣地说："我敢打赌，我们这一路可以捡到很多硬币。"说罢，两人相视一笑。真的，一路回家，一共拾到了23便士的硬币。

走到路的尽头，小女孩把手上捡到的硬币全部丢在地上，硬币散落在鹅卵石路上，发出叮叮当当的清脆响声，好听极了。但是老太太却无心欣赏这悦耳的金属撞击声，而是一脸茫然地望着孙女，心里想，这个小鬼又在捣蛋了。小女孩也是一脸调皮的样子，她看着奶奶惊愕的表情，忍不住哈哈地笑了起来。

"奶奶，你是不是以为英国人这么粗心大意，到处丢钱？"

“难道不是吗？”

“其实这里面是有原因的，如果你知道了这个原因，你就不会捡路上的钱，相反，还会故意丢钱的。”

“什么原因？”

“奶奶你要真拾硬币的话，每天都能拾到不少，但一般英国成年人都不拾路上的硬币，哪怕是5便士的。因为伦敦也有非常穷困的人，尤其是贫穷人家走失的孩子，他们就靠路上的这些硬币买个面包什么的充饥，这些硬币其实是好心人有意丢在路上的……”

“噢，天哪！”老太太惊愕地感叹着，“我竟然抢了别人的口粮！”

后来，老太太散步时见到路上的硬币，再也不拾了。不但不拾，还有意识地扔些硬币在路上。听着硬币落地的声音，清脆而优美，心里便涌起一阵阵喜悦之情。

## 心灵感悟

一枚枚散落的硬币，仿佛不经意地串起了一条爱的环链，一环扣着一环，无限地延伸……

# 14 坦然的给予

2007年8月10日，央视著名主持人崔永元随中国青少年发展基金会来到宁夏永宁县望远镇政权村，主持“共享一份爱，同圆一个梦”大型公益活动。来自宁夏的35名贫困大学生是《圆梦行动》节目的特别嘉宾。

在节目中，崔永元和每一位上台讲话的贫困学子拥抱。第一家企业捐款后，崔永元拿出一个信封：“这是我背着爱人攒的一万元钱，我也要捐给青基会，圆贫困大学生的梦。”他转过身以其惯有的幽默方式说道：“你们可别告诉我爱人啊。”他的话逗乐了全场的人。

虽然是一句幽默的调侃，但恰恰反映了崔永元低调而不愿张扬的处世态度。据敬一丹等主持人透露，这些年来，崔永元给慈善机构捐过不少钱，还先后资助20多名贫困学生读书。在2007年年初结束的大型电视活动《我的长征》中，他也是一路行走，一路行善。有这样一串数字：一路上节目组筹集慈善捐款1500万元，帮助了230所学校，新建了20所小学，慰问了360多位老红军，修复了多个无名烈士墓。每次捐款，崔永元都只有一个要求，就是不要宣传。在面对记者的探询时，他也总是说：“我很少做善事的，非常少。”

崔永元这样理解慈善的意义：做慈善是帮助别人，也是拯救自己。在他看来，对做慈善的人，不要一个劲儿地夸他们，相信他们也从中得到了很多，比如乐观的心态、宽容的心境、不屈的意志，这些都是帮助别人时所收获的珍贵礼物。正是抱着这种真诚而平和的心态，在捐款资助贫困学生时，崔永元总是极力维护对方的自尊心，减轻对方的心理负担。

1988年的一天，当时还在中央人民广播电台《午间半小时》工作的崔永元正在拆看群众来信，一封信里隽永的字体吸引了他。那是一封高中学生的来信，信中说他马上要参加高考了，但是家里很穷，即使考上大学，也没钱读。他写信来，就是想在回乡前和他所喜欢的电台节目告个别。

看了这封信，崔永元想，这孩子的字写得这么好，学习成绩也应该很好吧，如果就因为缺钱上不了大学，太可惜了。他马上拿起电话按学生所留的地址和学校联系，核实情况后，崔永元决定资助这个学生。后来那位学生考上了黑龙江大学，崔永元先后资助他学费生活费共3000多元，直到他大学毕业。

转眼10年过去了，崔永元从幕后走到了台前，成了人们喜爱的主持人，而他也把这件事忘得差不多了。1998年，当他到黑龙江为自己的新书《不过如此》作签售时，一位老人突然跪在他面前，接着便哭了起来。后来才知道，这位老人正是他资助的那位学生的父亲，特意赶过来，就是要当面感谢这个改变他儿子命运的人。

后来，崔永元每次到黑龙江，那位受过他资助的年轻人都会买贵重的礼物去看他。崔永元看出来了，年轻人这样做是在不断地还债，他总觉得自己欠崔永元的，一直背负着感恩与还债的双重心理负担。

于是，在一次见面时，崔永元说："挣钱了吗？挣钱了就把钱还我吧。"年轻人立即从兜里掏出了3000元，交给崔永元。"两清了，你不再欠我什么，以后我们都放下包袱，各自过好自己的生活。”说完这些话，崔永元从此没再与他联系过。

### 心灵感悟

善良的给予不是投资，不是借贷，并不要求对方回报！当然，感恩之心是必要的，只是不要让它成为一种负担！

## 15　鲁兹太太的谎言

那是个寒冷的夜晚，街上的行人不多，大家都匆忙地赶着回家，鲁兹太太也正打算关上她的零售店店门。突然，有个年轻人闯了进来，递上50美元，说要一份热狗和一杯牛奶。

在接过那张钞票的一瞬间，经验丰富的鲁兹太太就断定那是张假钞。她瞟了年轻人一眼，只见年轻人低垂着头，一副穷困潦倒的模样。鲁兹太太不动声色地问道：“能换一张吗？”

年轻人开始紧张慌乱起来，头垂得很低，他嗫嚅了半天说：“没有，太太，我……我很想要一份热狗，我一整天没有吃东西了。”鲁兹太太觉得这是一个还没有完全丧失羞耻感的孩子，对于这样的孩子，也许一块面包的温暖远比一声呵斥更有震撼力。想到这儿，鲁兹太太不再迟疑，马上找了四十多块零钱，递给年轻人。年轻人低头接过钱，转身就要离开。

就在年轻人转身离开时，鲁兹太太忽然大叫一声，手捂着胸口踉跄了几下。年轻人吓坏了，赶紧上前扶住鲁兹太太。“快！”鲁兹太太把那50元的假钞塞到年轻人手里，“到对面的诊所买药，就说鲁兹太太病了。”

看着老人家痛苦的表情，年轻人赶紧拿起钱跑了出去。年轻人走后，鲁兹太太麻利地抓起电话，打到那个诊所，那是她弟弟开办的。鲁兹太太在电话里说：“如果有个年轻人来给我买药，给他三四十美元的药好了，另外，他手里有一张50美元的假钞，是我给的，你收下就是了。”放下电话，鲁兹太太默默地祈祷着，如果他真是个富有爱心和责任感的孩子，他就一定会回来。一会儿，诊所的电话打过来了，告诉鲁兹太太，年轻人已经拿着药走了，但没有用假钞。鲁兹太太长吁了一口气，庆幸自己没有看走眼。

那个夜晚，年轻人不离左右地陪伴着“病中”的鲁兹太太。天亮后，鲁兹太太感激年轻人“救”了自己，竭力挽留要离开的年轻人，请他帮忙照看几天零售店。

后来，鲁兹太太留下年轻人，让他主管店里的生意。年轻人十分感激，卖力地工作着。

几年过去了，那个小店变成了超市，超市又有了子超市。那个年轻人就是在美国靠零售业发迹的怀特。

在那个风雪之夜，鲁兹太太用善意的谎言，让怀特不失自尊地接受了她的帮助，挽救了一个曾经迷途的灵魂。

### 心灵感悟

善良是对人性美好一面的信心和最无私的帮助。当我们遇到一时迷途的人时，也请学习着提供信任和帮助他们改正的机会吧。

# 16 上帝送来的鞋子

冬天的雪花铺满了纽约的大街小巷。在一个寒冷的下午，一个十岁左右的小男孩正站在纽约百老汇一家鞋店的橱窗前。他穿着破旧、单薄的衣服，光着脚丫。他的小脚已经冻得红肿。他趴在橱窗的玻璃上，目不转睛地看着里面各种可爱而暖和的棉鞋。

一位老夫人从车上下来，她是特意来店里为孙子买生日礼物的。她走进店门时，看到趴在橱窗前的可怜的小男孩，忍不住走上前去。老夫人轻声地问："可爱的小家伙，你在看什么呢？"

"鞋子，好漂亮的鞋子。"小男孩回过头来对老夫人说。

"你是不是看上了里面的鞋子呀？"老夫人问。

"是的，这双褐色的棉鞋好漂亮，穿起来也一定很暖和。"小男孩指着橱窗内的一双褐色棉鞋说，眼里充满了渴望。

"你很喜欢是吧？想要吗？"老夫人关心地问。

"是的，可是我没有钱。要是上帝能够听到我的祈求就好了，昨天我跟上帝说过的。可是……"小男孩沮丧地低下了头。

老夫人抚摸着小男孩冻僵的双手，说："孩子，跟我来。"她拉着小男孩的手进入鞋店，把小男孩领到那双褐色的棉鞋边，和蔼地问道："知道自己穿多少码吗？"

可怜的小男孩摇了摇头。

老夫人指着褐色的棉鞋对售货员说："请帮我拿双适合这个小家伙的鞋。"老夫人看看小男孩，又说："对了，麻烦再要一双袜子。另外，能不能再给我一盆水和一条毛巾？谢谢。”

售货员答应了老夫人的请求，不一会儿，就端来了水。老夫人牵着小男孩坐下，脱掉皮手套，帮小男孩把脚洗干净，又给他穿上袜子，轻轻地把鞋套在小男孩的脚上。

老夫人抚摸着小男孩的头，轻声地说：“小家伙，舒服吗？暖和吗？”

小男孩被这突如其来的一切吓到了，感觉自己在做梦，只是呆呆盯着老夫人，一句话也说不出来。

老夫人看着可怜的小男孩，将他搂在怀里说：“这是你的鞋子了。上帝听到了你的祈求，他让我给你送来一双鞋……”

### 心灵感悟

做一个默默的爱的天使，给处在人生寒冬中的人们送去一份没有负担的温暖吧！

## 17 大师的鞋带

有一位日本的舞伎大师，扮演一位徒步旅行的百姓。正当他要上场时，一个门生提醒道：“师傅，你的草鞋带子松了。”

他回答了一声：“谢谢你呀！”然后立刻蹲下，系紧了鞋带。

他走到门生看不到的舞台入口处，却又蹲下，把刚才系紧的鞋带弄松了。

显然，他的目的是以草鞋的带子已松来表现这个角色长途旅行的疲态。演戏细腻到如此程度，这位大师确有其过人之处。

正巧，大师的这一举动被一位记者看到了。等他演完戏之后，记者问他："你为什么当时不指教学生呢？他不懂演戏呀。"

大师回答道："别人的亲切关爱与好意必须坦然接受。要传授学生演戏的技能，机会多的是。在今天的场合，最重要的是要以感谢的心去接受别人的提醒，并给予回报。"

门生指出来的失误恰恰是大师的得意之作，要是换了别人，可能会毫不客气地把对方教训一顿甚至于羞辱一番。但是这位大师不仅从善如流，而且能接受他人出于善意的"不善"如流，为对方保留一份体面，给对方一份回报，这实在是令人敬佩。

驱使大师这样做的正是人们常说的"善"，是一种思想与人性中的"善"。正是这样的"善"让他成功，让他得到别人的尊重，让他拥有海一样的胸襟和容人的雅量。

演戏就是做人。做人做到家，戏才会演到家。那位大师的言行告诉我们，千万不要随意堵住别人对你敞开的友善之门。

## 心灵感悟

善良，可以这样做——善意地对待别人的意见，为对方保留一份体面，给对方一份回报，即使对方的提醒、批评是错的。

# 18　成全善良也是善良

那是三月里的一天，我去医院看望一个生病的朋友。

因为是双休日，等公交车的人特别多，每一辆公交车里都挤得满满的。我买了一份报纸，一边看报一边等车。我旁边站着一位老人和一个姑娘，听他们说话的意思，是女儿陪父亲去医院看病，正好跟我同路。

很快，车来了。人群拥向车门。我看到那个女儿为了不让人群碰撞到父亲，一手在前面挡着人群，一手搀着父亲的胳膊。虽然她很努力，但是效果似乎并不明显。

好不容易上了车，车上早就“人满为患”。一个姑娘突然站了起来，微笑着对那位老人说：“大爷，您坐吧！”老人说：“谢谢了，姑娘，我站站没关系，你坐吧！”更奇怪的是他的女儿竟然也谢绝了姑娘的一番好意，说他父亲身体硬朗着，而且只是几站路，站站就到了！

姑娘似乎没想到会这样，脸上有些尴尬，再次说：“您坐吧，大爷！”那个女儿似乎还想说什么，只见老人拉了拉她的手，说：“好好，那就太谢谢你了！”说完，慢慢走到座位前微笑着坐下。让座的姑娘流露出快乐的笑意。但是，那个女儿似乎并不高兴，反而变得有点焦虑。这下，我更疑惑了。

公交车突然刹车，老人紧蹙着眉头，好像在强忍着身体某处的不适。我不禁替他暗自庆幸，亏他没有再客套，如果一直站着，也不知要遭多少罪。可是，那个女儿却盯着老人家眉头紧锁，神情中还透着一丝责备。父女俩的神情实在是令我疑惑不已。

医院很快就到了。老人下车前，向那位让座的姑娘再次表示了谢意。下车后，我听到了这对父女的对话：

“爸，伤口痛了吧？”

“一点点吧！”

“你也真是的，明明知道自己臀部的伤口还没完全好，你还要坐！”

“你啊，人家小姑娘那可是一片好意！我硬是拒绝她，也许以后再遇到这样的事，她就会有顾虑了……”

我终于明白了，老人和他女儿的拒绝，原来并非客套，而是另有隐情。我不禁又想起车上老人几次紧皱眉头的表情。在那颠簸的车上，老人硬是强忍着原本可以避免的痛楚，成全了那个姑娘的善良。

成全别人的善良，何尝又不是另一种善良！

### 心灵感悟

善良有时也需要鼓励。成全别人的善举，也就成全了自己的善良。

# 19 把关心转化为帮助

科林·鲍威尔是美国第一个黑人国务卿，也是最年轻的参谋长联席会议主席。

早在科林·鲍威尔上小学五年级的时候，就开始表现出非常强烈的爱心。有一天，在从学校回家的路上，他遇到一个流浪汉，就停下来问那个流浪汉需要什么东西。“我需要一个家、一份工作。”无家可归的人感伤地说。

他为难地说：“我自己还是个小孩子，遗憾的是我不能给你这些，怎样才能帮你呢？家和工作我都不能给你呀！”

流浪汉很无奈地笑了一下，带着满脸的憧憬说：“我多么想吃一顿饱饭呀！我已经三天没有吃饭了！”科林·鲍威尔长长地舒了一口气，想：我终于可以帮那些无家可归者做一件自己力所能及的事情了。于是，他花了整整三天的时间，在妈妈的帮助下，制订计划，买原料，做了几十份饭，送到他们家附近的一个收容站。

在以后的一年时间里，几乎每个周末，科林·鲍威尔都要动员全家给收容所送饭。后来，科林·鲍威尔的活动得到了全班同学以及所在社区的理解和支持，活动规模不断扩大，参加的人数也越来越多……

科林·鲍威尔在一篇文章中这样写道：“我们每个人都应该关心他人……而且我们自己也欠别人的。我们中的每一个人都受到过别人的帮助，我们应该随时准备把对别人的关心转达为对别人的帮助。”

### 心灵感悟

把关心转化为帮助，就从了解对象的需要开始，从自己力所能及的事情做起。

## 20 爱心晚报

美国《福布斯》杂志曾连续五年评选他为中国最富有的企业家。人们关注最多的，是他在马来西亚辉煌的发迹史。只是很少有人知道，他的情义和传奇经历，源于44份带着一个普通人爱心的晚报。

1990年，一位喜欢冒险的中国青年来到马来西亚。来这之前，青年已经身家过亿。他打听到，这儿发现了一个大型油气田，准备修一条高级公路。如果这个项目成功，则会使公路两边的土地大幅度升值。

经过仔细分析之后，青年作出了一生中最冒险的一个决定：利用所有资产担保向银行贷款，拿到公路两边土地的开发权。

四个多月过去了，油气田的立项依然没有结果，青年如坐针毡。这时候，他手上的盘缠已经所剩无几，住处由五星级酒店搬到四星级，再到三星级，最后连旅馆也住不起了。为了省钱，他打算租用旅馆的一个小仓库，每天只吃最便宜的盒饭，再找机会偷偷溜到旅馆的大厅里看当天的晚报。

仓库的管理员是一位老华侨，看到他的处境，非常同情，不仅免了他租仓库的钱，每天还将自己订的一份晚报带给他看。这样的日子一晃又过了44天，青年的心也一天天走向绝望，连自杀的想法也有了。有一天，青年意外地得知老华侨并不识字，这44份晚报是特意为他买的，顿时心里一热，仿佛看到一线温暖的光，将自己从死亡的边缘拉了回来。晚上，他认真地翻看着报纸，其中一条消息让他兴奋得差点没背过气去：油气田立项成功了！随后，在一周之内，青年所买的土地价格翻了一番，他的生活一下子由地狱又回到了天堂。

暴富后的青年第一个想到的是老华侨，他准备了一个信封，里面是一套当地最高档别墅的钥匙。当他把信封交到老华侨手里的时候，老华侨摇摇头："我只是给你买了44天的报纸，为什么值得你送这样的大礼呢？"青年说："那44份晚报，是我一生中得到的最珍贵的帮助和关怀，就凭你的爱心，你有资格得到它。"老华侨依然摇摇头："谢谢你的好意，我已经习惯了现在的生活，不想去住那种地方。真正值得你报答的，也不是我，而是帮助你的这个社会呀。"

这位青年，就是后来被誉为"情义商人"的李晓华，他成了中国最有名的企业家和慈善家之一。

## 心灵感悟

有些善举不需要任何华丽的语言、不需要任何轰轰烈烈的行动，而是被巧妙地包裹在“不经意”间。让善良经过而不留痕迹，这会令你的善举更加优雅。

# 21 爱的智慧

纽约城的老报人协会定期聚餐，席间大家常常讲些往事助兴。这天，老报人威廉·比尔先生——这个协会的副主席——讲了一段自己的经历。

比尔十岁那年，妈妈死了；接着，爸爸也死了，留下了七个孤儿——五个男孩两个女孩。一个穷亲戚收留了比尔，其他几个则进了孤儿院。

比尔靠卖报养活自己。那年月，报童有菜园里的蚂蚁那么多，瘦小个子的便不容易争到地盘。比尔常常是拳头挨够，苦头吃尽。从炎热的夏日，到冰封的隆冬，比尔在人行道上叫卖；比这多得多的，是世态的炎凉。比尔小小年纪，已学会愤世嫉俗。

一个暮春的下午，一辆电车拐过街角停下，比尔迎上去透过车窗卖了几份报。车正在启动的时候，一个胖男子站在车尾踏板上说：“卖报的，两份！”

比尔迎上前去递上两份报。车开动了，那胖男子举起一角硬币只管哄笑。比尔追着说："先生，给钱。"

"你跳上踏板，我给一毛。"他哈哈笑着，把那个硬币在两个掌心里搓着。车子越来越快。

比尔把一袋报纸从腋下转到肩上，纵身一跃想跨上踏板，却一滑脚仰天摔到。他正在爬起，后边一辆马车"吱"的一声擦着他停下。

车上一个拿着玫瑰花的妇人，眼里噙着泪花，冲着电车骂粗话："这该死的东西，宰了他！"然后又俯身对比尔说："孩子，我都看见了。你在这儿等着，我就回来。"她随即对马车夫说："马克，追上去！"

比尔爬起来，擦干眼泪，认出拿玫瑰的妇人就是电影海报上画着的大明星梅欧文小姐。

十来分钟后，马车转回来了，女明星招呼比尔上了车，对马车夫说："马克，给他讲讲你都干了些什么。"

"我一把揪了那家伙，"马克咬牙说，"把他两眼揍了个乌青，又往他头上补了一拳。报钱也追回来了。"说着，把一枚硬币放在比尔的手中。

"孩子，你听我说，"梅欧文对比尔说，"你不要因为碰到这种坏蛋就把人都看坏了。世上坏蛋是不少，但大多数都是好人——像你，像我，我们都是好人，是不是？"

好多年后，比尔又一次品味马克痛快的描述时，猛然怀疑起来：只那么一会儿工夫，来得及追着那家伙，还痛痛快快揍一顿吗？

不错，马车甚至连电车的影子也没追着，它在前面街角拐个弯，掉过头，便又径直向孩子赶来，向一颗受伤后充满仇恨的心赶来。而马克那想象丰富的描述，倒也真不失为一剂安慰心灵的良药，让小比尔觉得人间还有正义，还有爱。

比尔后来还经历过千万种辛苦。他没有正规上过学，只凭自学当了记者，又做了编辑，还赢得了新闻界的声誉。他的弟弟妹妹们后来也团聚了。

比尔向他的老报人同仁说：

“谢谢上帝，艰难困苦是好东西，我感激它。不过我更要感激梅欧文小姐，感激她那天的火气，她眼里的泪花，和她手中的玫瑰。靠了这些，我才没有沉沦，一味地把世界连同自己恨死。”

### 心灵感悟

一个谎言保护了一颗纯洁的童心。看来，善良需要智慧，而且应源自真诚。

## 22 5美元的单车

拍卖场上，人们一定会对警察署保管室陈列的物品感到惊讶，什么照相机、摄像机、电视机、自行车和收音机等等，令人眼花缭乱、惊叹不止。为了让这些从犯罪分子手中缴获的东西物归原主，警察署会定期将其展出，要求失主前来认领。至于那些久已无人问津的，则作无主处理，一年公开拍卖一次。密苏里州堪萨斯城这一次拍卖的是一大批自行车，吸引了不少人争相选购。

第一辆自行车推出后，主持拍卖的警官史密斯问谁开始出价。只听见坐在前面的一个孩子迫不及待地喊道："5美元！"随即有人报10美元，接着另一个人报15美元……在报价不断增加时，史密斯打量着那个孩子，因为他后来再没有把报价提高。

这时，又一辆自行车被推了出来，孩子又是第一个出价5美元，但随后他再也没有提高报价。就这样，好几辆车都被拍卖给别人了，他每次都是以5美元出价，从来没有一次高过这个数字。而区区5美元显然是不够的，拍卖出去的自行车全是以35美元或者40美元成交，有的甚至超过100美元。

在拍卖休息期间，史密斯问孩子为什么不把报价出高一些，以便如愿以偿。孩子无可奈何地摇了摇头，说他只有5美元。警官还问了他的名字，知道他叫吉米。

15分钟之后，自行车拍卖又开始了。吉米仍然第一个出价5美元，但车子仍是以大大高于这个数的价钱被买走了。拍卖场上的竞拍者和围观的人开始注意到吉米，对这个引人注目的男孩颇为同情，觉得他是一位很执著的少年。就这样，一个半小时过去了，热烈有趣的拍卖接近尾声，只剩下最后一辆自行车了。这是一辆草绿色的26英寸的10变速车子，有九成新，双刹车十分灵活，还配有一盏铮亮的车灯。吉米两眼直直地盯着它，喜欢得不得了。周围许多人也饶有兴趣地关注着这辆在今天这次拍卖会上最好的一辆车子，估计它的价格是最高的。

史密斯问："有谁开价？""5美元！"一个响亮的声音从台下前排响起。

史密斯太熟悉这个声音了，今天在拍卖场上至少出现了50次。他的目光情不自禁地停留在吉米身上，从内心深处佩服这个不弃不馁、坚持到底的孩子。他不由得停止了叫卖，他呆呆地站在那儿，好像忘记了自己该做什么，随后干脆坐下了。在场的所有人也都鸦雀无声地坐着，没有谁再举手，也听不见第二个再报价的声音。10秒、20秒、30秒……史密斯心中一亮，他突然明白过来，站起来大声宣布说："5美元成交！把这辆自行车卖给那位穿着短裤的少年！"

这时，拍卖场上爆发出一片热烈的掌声，这掌声是对孩子心想事成的祝贺，更是对他强烈愿望的理解与关爱。吉米满脸喜悦，热泪盈眶，像一只小鹿似的朝着拍卖台跑去，他张开紧紧握着的小手，里面是一张被汗水浸湿的5美元的钞票。

### 心灵感悟

吉米的单车来自于他的坚持，更来自于拍卖场上大家不约而同的沉默。这沉默背后是一份可贵的理解与爱心。

# 生活不会亏待善良的人

生活中的善越多，生活本身的情趣也越多。二者水乳交融，相辅相成。

——托尔斯泰

如果善有因，它就不再是“善”；如果善有果，那也不能称为“善”。然而，生活不会亏待善良的人。善良是对内心的一种滋养，它使你容颜美丽无比，生活幸福快乐，心灵富足有余……

# 23　幸运的里希纳

里希纳的家靠近大海，村里祖祖辈辈都以打鱼为生。他从小跟随父亲出海，年纪不大就成了父亲的得力助手。可近来他却不务正业，疯狂地迷上了打猎。家里人认为他简直无可救药，为这事他没少挨父亲的责备。

离村子不远有座小山，地势险要人迹罕至，听老人讲山上常有野猪出没。要是能打到一只野猪该有多好啊。山上的野猪令他魂牵梦萦，他下定决心要去碰碰运气。

那天天还没亮，里希纳瞒着父亲悄悄起床，带上猎枪、绳索等工具就上山了。他仔细搜寻着。好几个小时过去了，可他连野猪的影子也没看到。太阳已爬得老高，父亲还等着他出海呢。他只好回家去，带着一身的疲惫、失望和沮丧。走到半山腰，隐约听到不远处传来微弱的叫声，像是野猪。他立刻兴奋起来，循着声音找去。

果然，一只小野猪陷在泥沼里，它已筋疲力尽，只剩头部露在外面，陷在那儿无法动弹，根本无法逃脱，眼神里充满了绝望。“真是个冒失鬼，竟然掉到泥沼里，这是意外收获。”里希纳喜出望外地自言自语，并迅速举起猎枪对准了野猪。

野猪当然不明白，那支乌黑的猎枪对它意味着什么。它仍然在挣扎着，想要用尽最后一丝力气从泥沼里挣脱出来。它的眼睛直直地盯着面前的陌生人，发出兴奋的光芒，原来它竟然把里希纳当成了救星。“它在向我求救？”里希纳端着猎枪犹豫了。

“真是个小可怜！”里希纳叹息着，小野猪渴望的眼神激起了他心中的怜悯，他放下猎枪，转而想办法营救野猪。

要救野猪，首先得保证自身安全，如不小心掉进泥沼就非常危险。唯一的办法，就是用绳子套住野猪的脖子，拉上来。他抛下绳子，好不容易套上了它的脖子，小心翼翼地往上拉。如果绳子勒得太紧，可能野猪还没救上来就先被勒死了。但它不懂配合，好几次刚套上去，它一扭动绳子又滑下来。经过反复努力，终于把野猪救了上来，不知不觉两个小时已经过去了。里希纳浑身沾满污泥，看着小野猪安然趴在地上，心里十分欣慰，但他也累极了，坐在地上大口喘气，开始思索如何应付父亲的责罚。

突然，远处传来轰隆巨响，天崩地裂一般。回头望去，十几米高的巨浪冲上海岸，铺天盖地而来，山下的村庄瞬间被吞噬。看着眼前发生的一切，里希纳惊恐万分，不停地颤抖着。

举世震惊的印度洋海啸中，他是这个小村落唯一的幸存者。

这是真实的故事，里希纳住在印度尼西亚苏门答腊岛班达亚齐。他原本带着猎枪去打野猪，却为了救野猪耽搁了下山时间，幸运地逃过灭顶之灾。里希纳得以大难不死实属巧合，可如果不救野猪，巧合会发生吗?

幸运源于爱心的馈赠。

### 心灵感悟

当我们萌发善良之心去救助他人于危急时，可以得到施予援手的快乐和满足。有时候，这种善举甚至还会给我们带来意外的幸运。

# 24 收获快乐

我第一次涉足“政坛”是在七年级时竞选学生会副主席。现在想来，我都很奇怪当时为什么会有这样的决定。

那时，我是个很害羞的女孩，几乎没有人愿意和我交朋友，我也从不关心别人的事。但是，胆小的我还是决定参加学生会副主席的角逐。我整天为自己的竞选演讲和宣传海报忙碌，但最后所有努力付诸东流，我输给了竞争对手。竞选那天，他给现场的同学发了好几百支印有他名字的花花绿绿的铅笔。中学的“政治活动”也给我留下了不愉快的回忆。

虽然这次失败对我的影响很大，但我还是决定在高中时再次参加竞选，而且还要采取一定的战术，确保胜出。考虑到父母不会给我额外的钱来“贿赂”同学，我只能用我的善良来为自己赢得选票。给善良披上了如此功利的外衣后，我觉得每个同学都是有可能会给我投票的人，自信倍增。

带着这样先入为主的思想，我升入了高中。我热情地向每个同学介绍自己，露齿微笑。我主动和同学打招呼，亲切地叫他们的名字。我努力地去记忆与每一个同学有关的细节，比如汤姆的小狗“汪汪”感冒了，露茜全家暑假去法国度假了……这样我就不愁下次和他们聊天时没有话题了。

高二时，我敢说，我们班里每个同学的事我都知道不少。与同学小心翼翼相处一年后，我的付出有了回报。同学们会在走廊里远远地叫我的名字，很多同学都会跟我说知心话，向我倾吐他们心中不为人知的秘密，把我当成最值得信赖的人。

在我的计划顺利进行时，我发现我的动机开始改变，我突然觉得自己已经没有兴趣去竞选学生会主席，来为自己赢得好名望了。我再也不是那个带着极强功利心的貌似善良的女孩。我已经真的学会了关心同学，关心朋友。关心别人已经成了很自然的行为。当所有同学都用心对我微笑时，那种快乐是无法言表的。

是的，用善良的心去对待每一个人，就会有无数善良的心来回报你。

### 心灵感悟

当我们真心关怀别人时，就会收获同样的微笑与关怀，就会从中获得无法言表的快乐。拥有善良的人，就拥有了快乐！

## 25　铺就别人的道路

洛克菲勒年轻的时候曾经一无所有，像当时许多年少无知的人一样，到处流浪，得过且过。不过，洛克菲勒怀有十分远大的理想，他期望着有一天能够有一笔任由自己支配的巨大财富。

带着这个伟大的梦想，洛克菲勒来到了距离家乡很远的一个偏僻小镇。在这个小镇上，洛克菲勒结识了镇长杰克逊先生。

杰克逊先生性格开朗、为人热情，而且平易近人，更重要的是，他的心地十分善良。无论是当地人，还是来到这个小镇上的外地人，只要与杰克逊有过一定的接触，他们就都会深切地感受到杰克逊的热情和善良，同时也会受到感染。

洛克菲勒住的小旅馆就离镇长杰克逊家不远。每当他站到旅馆旁的大门前向远方遥望时，都会看到镇长家门口那片长满各色鲜花的花圃。每次遇到洛克菲勒时，镇长都会停下忙碌的脚步，问问这个独在异乡的年轻人有什么需要帮忙的地方。当洛克菲勒需要一些生活用品时，热情的镇长夫人总是会十分高兴地给予帮助，而且镇长还会时不时地让女儿为洛克菲勒送去一些妻子做的可口点心。

在小镇上住了一段时间，仍然感到一无所获的洛克菲勒决定过几天就离开。在离开小镇之前他要特别感谢镇长给予自己的关照。就在他准备辞行的前几天，小镇迎来了连续不断的阴雨天气，洛克菲勒不得不继续留在这里，同时他也在心里咒骂着这该死的鬼天气。

小雨时断时续。每当雨滴停止的时候，洛克菲勒都会走出旅馆大门，看看镇长家门前那些经雨露滋润而倍加娇艳的花朵。这一天，当他走出旅馆大门的时候，看到来来往往的人们已经把镇长家门前的花圃践踏得不成样子了。洛克菲勒为此感到气愤不已，他真为镇长和这些花朵感到惋惜，于是便站在那里指责路人的行为。

可是第二天，路人依旧踩踏镇长家门前的那片可怜的花圃。第三天，镇长拿着一袋煤渣和一把铁锹来到了泥泞的道路上，他用铁锹把袋子里的煤渣一点一点地铺到了路上。一开始洛克菲勒对镇长的行为感到不解，他不知道镇长为什么要替这些践踏自家花圃的路人铺平道路。可是很快他就明白了镇长的苦心，原来有了铺好煤渣的道路，那些路人再也不用踩着花圃走过泥泞的道路了，这样也就保护了自家的花圃。

洛克菲勒最后还是离开了这个小镇，不过他知道，自己再也不是一无所获地离开了。他带着镇长杰克逊告诉自己的一句话，然后从从容容地踏上了追求梦想的道路，那句话就是“善待别人就是善待自己”。

直到成为闻名于全美的石油大王，洛克菲勒依然牢牢地将这句话铭记在心中。

### 心灵感悟

铺就别人的道路，同时也呵护了自己的花朵。不要总是期待接受和拥有，只有懂得付出和给予的人，才会赢得内心的一份从容和坦荡。请记住，善待别人就是善待自己。

# 26 爱的倍增

里斯夫人的车在半路上出了问题，她只能下车等待过往车辆的帮助。寒风瑟瑟，夜幕将要降临，一个多小时过去了，没有人肯停下来帮帮她。

一辆卡车开过，昏暗中司机差一点从她身边疾驶而过。然而，他还是发现了她：一位站在路边、面带愁容的老夫人。看得出她需要帮助。于是，他将车停到她的身边。可是当她看到一个外表寒酸的人微笑着向她走来时，反而有些恐惧了。她不知道他是否要加害于她。这时，卡车司机走上前去对她说："我叫布莱恩，是来帮助您的。您还是到车里边去等着吧，外边太冷了。"说着，他走到里斯夫人的车旁看了看，"老夫人，您的车胎爆了。""是的，这对我真是个大麻烦！"里斯夫人看着眼前这个诚恳的卡车司机，慢慢地放下了戒心，在布莱恩的卡车里面静静等待。

布莱恩爬到车子下面，找到一个适当的地方放上了千斤顶，不一会儿便换上了备用胎，把螺母拧紧了。由于灯光昏暗，在爬出车底时，他不小心磕破了额头，受了一点轻伤。"老夫人，您的车子弄好了。"布莱恩向坐在卡车里的里斯夫人示意。这时，老夫人走出卡车，看着布莱恩满手的油渍，感激不已："我住在圣路易，是从这里路过的。我无法想象如果你不停下来帮忙的话，我将怎么对付！真是不知道如何感谢你。"为了表示谢意，里斯夫人问他要多少钱，还说多点也没有问题。布莱恩听了老夫人的话，一边把她的后备箱锁上，一边淡淡地笑了笑："我根本就没有想到要钱，纯粹是想帮忙救急而已。"无论里斯夫人如何说，布莱恩都不肯收下老夫人的钱。"如果您非要给钱的话，下一次遇到需要帮助的人，您就把钱给她吧。那就算是付钱给我了。"布莱恩最后说。他随即向老夫人挥手，开着破旧的大卡车走了。

里斯夫人怀着感激的心情开了几英里，发现路边有一个小餐馆，她停下来走进餐馆想吃点东西。那是一个很不起眼的小餐馆，里面一片冷清。一个女服务员走过来了。女服务员看到她头发湿漉漉，便用干净的毛巾给里斯夫人擦了擦潮湿的头发。里斯夫人注意到女服务员挺着大肚子。她不禁问："你怀孕了吧？几个月了？"女服务员微笑着说："是的，快九个月了！"里斯夫人带着祝贺说："小宝宝就要出生了。"女服务员点了点头，可是神情中带着忧伤。

里斯夫人看到女服务员脸上的忧愁，心想：她拖着这么笨重的身体，还照样对人那么亲切、服务周到，是多么拮据的生活才迫使她挺着大肚子来干活啊！老夫人感叹不已，突然想到了布莱恩。

老夫人吃完饭，叫女服务员过来结账。女服务员接过里斯夫人那张一百美元的整钱，返身回到柜台去找零钱。可是，当她出来的时候，发现老夫人不见了。她在店里四处张望。突然，她注意到餐巾纸上有些字，下边还压着四张一百美元的票子。当她读完餐巾纸上的留言时，眼泪涌出了她的眼睛。那上边这样写着：你并不欠我什么。我刚刚得到别人的恩惠。有个人像我帮助你一样帮过我。如果你想还我钱的话，就请这样做，把你的爱心献给需要帮助的人吧。

那天晚上，女服务员下班回家后，躺在床上情不自禁地想起了老夫人所给的钱以及她写在餐巾纸上的话。“她是怎么知道我和丈夫这个时候非常需要钱的呢？”她想，“下个月孩子就要出生了。那时候如果没有这些钱可如何是好呢？”她知道丈夫也在为钱的事操心，他就睡在她身边。她小声地说：“现在一切都没有问题了，亲爱的布莱恩。多亏了那位老夫人，多亏了那个帮助了老夫人的人。”布莱恩听了十分惊讶，在向妻子了解了老夫人的情况后，他感叹不已：“太奇妙了，她就是今天傍晚我帮忙修车的老夫人啊！”

### 心灵感悟

善意是可以传递的。而且，每个人都可以从这份传递的善意中得到不经意的帮助和人格的升华。

## 27　一切皆因善良

在19世纪末的苏格兰，有一位贫苦农夫叫做弗莱明。他心地善良，做事本分，乐于助人。有一天，他和妻子带着只有7岁的儿子正在田里收拾农活。忽然听到附近的泥沼地里有人发出呼救的哭泣声。他和妻子立即放下手中的农具，迅速地跑到泥沼地边，发现有一个男孩掉进了粪池里，孩子已经被粪水污泥淹到了胸口。眼看一个活生生的小生命就要被吞没了，他毫无顾忌地跳了下去，奋力地将那个男孩救起来。他的妻子赶快提来了清水，把孩子身上的污泥冲洗干净，孩子脱离了生命危险。

孩子告诉农夫，他跟随自己的家人从这里经过，父母看到这里风光很好就让他随处走走，没有想到不小心掉到了粪池里。农夫看着孩子向父母所在的地方走去，然后埋头继续干活。

没有多久，一位高雅的绅士驾着一辆华丽的马车来到了弗莱明所住的农舍，彬彬有礼地自我介绍说，他就是被救男孩的父亲，特地前来道谢。他的太太感激不尽地从马车上拿下来很多名贵的礼品。这位绅士表示要以优厚的财礼报答他对儿子的救命之恩。农夫却坚持不收，他一再申明："我不能因救了你的小孩而接受报酬，我们这里的任何一个人都会这样做的。"

他们正在互相推让之际，一个农家少年突然从外面走进屋来。绅士瞥了一眼便问道："这是你的儿子吗？"农夫很高兴地点点头说："正是。"绅士接着说道："那好，既然你救了我的孩子，那就也让我为你的儿子尽点力，让我们订个协议吧。请允许我把你的儿子带走，我要让他受到良好的教育。假如这个孩子也像他父亲一样善良，那么他将来一定会成为一位令你感到骄傲的人。"鉴于绅士的诚心诚意，农夫只好答应了他的提议。

绅士非常讲信誉，不但把农夫的孩子送到学校读书，而且一直供他到圣玛利医学院上学，直至毕业。

这个农夫的孩子不是别人，他就是后来英国著名的细菌学家亚历山大·弗莱明教授。

1928年，弗莱明在实验室研究葡萄球菌时，因为没有盖好仪器盖子，致使仪器架上培养的青霉菌飘落到仪器中。奇迹发生了，因为青霉菌的到来，葡萄球菌竟然全部不见了。弗莱明经过进一步的试验证实，青霉菌当中的“青霉素”，是葡萄球菌的克星，并能杀灭多种细菌。于是，第一种抗生素就这样被发明出来了。后来又经过英国病理学家弗洛里和德国生物学家钱恩的进一步研究完善，于1941年开始用于临床，并于1943年逐渐加以推广。青霉素被公认为是第二次世界大战中与原子弹和雷达相并列的第三个重大发明。青霉菌能够治疗多种疾病，自它发明以来，挽救的生命数以亿计。弗莱明也因此获得诺贝尔医学奖，并被公认为历史上最具影响力的100位名人之一。

而那个绅士，就是英国上议院议员丘吉尔，他那个被农夫从粪池里救起的儿子，就是后来英国著名的政治家，二战时期的盟军领袖，首相丘吉尔爵士。

二次大战期间，已经当上英国首相的丘吉尔出访非洲时，不幸罹患肺炎，生命垂危。肺炎在当时属于绝症，医师均束手无策。紧急时刻，弗莱明从英国赶来，使用自己刚刚发明的青霉素，治好了丘吉尔的病。丘吉尔紧紧握住弗莱明的手说：“谢谢你，给了我两次生命。”弗莱明微笑着回答：“不用客气，第一次是我的父亲救了你，但这一次是你的父亲救了你。其实，一切也皆因善良。”

两位父亲的善良成就了两个优秀的人。

### 心灵感悟

虽然善良的人是不讲报酬的，但是，生活对于善行的回报，却在我们的身边时刻发生着。

# 28 走出死亡之谷的秘诀

世界上最大的一片沙漠，是位于北非的撒哈拉大沙漠。没有谁会想到，这片荒凉的沙漠，几千年前曾经是一片水草丰饶的绿洲，有许多民族先后在这里建立了强大的王朝。可是因为气候的变化，这些文明都陆续被掩埋在漫漫黄沙之下，只留下了无数令人神往的美丽传说。也正是这些传说，让很多考古学家都盯上了这座埋藏着巨大文明宝藏的沙漠宝库。

1814年3月，一支由12个人组成的考古探险队从英国伦敦出发，并于同年5月带着无数宝贵的考古发现成功走出了荒漠。他们第一次打破了这个“有去无回”的死亡魔咒。

这支考古探险队的队长名叫詹姆斯，他年过花甲，是一位虔诚的基督教徒。当时进入沙漠后，这支考古探险队经常能碰到许多死亡者的骸骨。每当看到这些，他总会让大家停下来，把这些骸骨收集到一起，然后选择高地挖坑掩埋起来。而且为了表示对逝者的尊重，詹姆斯还会在这些简易的坟墓前插一根粗树枝或立一块石头，作为墓碑以表凭吊。

但是，沙漠中的骸骨实在太多了，而不断地掩埋这些骸骨，消耗了考古探险队大量的时间，这极大地影响了他们的行程。所以，队员们对詹姆斯的意见都很大，他们抗议道：“我们是来考古的，可不是来替死人收尸的。”

詹姆斯却异常坚持，他恳切地对队员们说：“每一堆白骨，都曾经是我们的同行。我们怎么能忍心看着他们的骸骨暴露在荒漠里呢？”

一个星期后，詹姆斯带领考古探险队顺利进入了沙漠中心。在这里，他们发现了许多古代人留下的生存遗迹，并挖掘了足以震惊整个世界的异常珍贵的文物。但是，正当他们兴奋地将收获成果装上骆驼，准备离开时，灾难却发生了。平静的沙漠里先是刮起了黑风暴，几天几夜不见天日，接着，他们随身携带的指南针也失灵了。

生死存亡的危急关头，队长詹姆斯的脑中突然灵光一闪，于是他兴奋地向大家说道：“不要绝望，我们来时在路上留下了路标！”

大家看着他，都露出迷惑不解的神色。詹姆斯解释道：“我们沿着那些坟墓走！”这句话一下子点醒了本来准备坐以待毙的队员们。

最后，他们沿着来时一路掩埋骸骨留下的墓碑，艰难地返回。在接受《泰晤士报》记者的采访时，这支考古探险队的每一个队员都这样感慨地说道：“善良是我们为自己留下的路标。”

### 心灵感悟

这支探险队能打破死亡魔咒，其秘密其实很简单，就是因为他们有一位善良的领袖。

# 29　因爱得福

（一）

1814年的一个寒风凛冽的夜晚，一个17岁的酷爱音乐的年轻人走过维也纳街头。因为家里贫穷，买不起钢琴，他只好每天到一所小学去练琴。他喜欢作曲,可有时却拮据得连作曲的纸都买不起。

此刻，他正在回家的路上为生计而发愁。忽然，他看见旧货店旁站着一个衣衫褴褛的小孩，手中拿着一本书和一件旧衣服在叫卖。寒风中，小孩的脸冻得青紫。他忽然认出这孩子曾在他所教的唱诗班当过歌童。他鼻子一阵发酸，不由自主地从单薄的衣衫里摸出了仅有的一点古尔盾，买下了那本旧书。他捧着书边走边看，忽然被书中的一首诗吸引住了，那是歌德的《野玫瑰》。读着读着，他的整个身心都被诗中的意境融化了，一段清新而动人的旋律从灵魂深处飘了出来。他赶紧把它写下来，这就是一直传唱至今的世界名曲《野玫瑰》。

这个年轻人就是被誉为歌曲之王的舒伯特，也许正是舒伯特那颗善良的心，使他邂逅了歌德的诗篇，激发了他的灵感，使他捕捉到了那美妙的音符，为后人创作出这首不朽的乐章。

（二）

第二次世界大战期间，一天，大雪纷飞，滴水成冰，盟军最高统帅艾森豪威尔将军正乘车赶回总部参加紧急军事会议。忽然，艾森豪威尔看到一对法国老夫妇焦急地站在马路边，冻得瑟瑟发抖。他立即命令身边的翻译官下车了解详情，可一位参谋急忙阻止说："还是赶快到总部开会，这种事就留给当地警方处理吧！"艾森豪威尔却坚持说："等到警察赶到时，这对老夫妇可能早已冻死啦，还是先把他们送回家吧。"

原来，这对老夫妇准备去巴黎投奔自己的儿子，因为遭遇大雪，车子抛锚，前不着村，后不着店，正不知所措。艾森豪威尔立即把这对老夫妇请上车，绕道将他们送到家后，才风驰电掣般地赶去参加紧急军事会议。会议结束后，总部的副总参谋长走过来，向艾森豪威尔将军表示祝贺："将军，您真幸运！"原来，那天，几个德国纳粹狙击手早已虎视眈眈地埋伏在艾森豪威尔将军原定路线必经的路旁，如果不是为了救人而改变了行车路线，他恐怕很难躲过那场劫难。

后来有人说，是因为艾森豪威尔的善行感动了上帝，上帝特意派幸运女神来庇护他。但有一点是肯定的，那就是，善行一定可以为我们带来好运，善良一定有福报。

### 心灵感悟

付出了爱，就必然会收获幸福。有些人之所以认为善良的人是傻瓜，那是因为他们不知道善良的回报不一定是物质的。这回报或者是创作的灵感，或者是你的生命，这些才是最可宝贵的东西。

# 30　不可思议的偶遇

朋友L在一家国际著名的公司做销售主管，为取得一个工程建设项目的订单，多日来一直是绞尽脑汁，费尽周折。但竞争对手的实力同样强大，因此，项目建设方一直不愿意把该项目交由L所在的公司承建。

周末的一个晚上，朋友L和几个同事相约在夜市吃饭闲聊。邻桌是一个50岁左右的男人，独自一人光着膀子在吃饭。正在大家都吃得兴致盎然的时候，旁边的几位年轻人可能是喝酒太多动起了手脚，结果殃及池鱼——把邻桌这位男的连人带桌全部掀翻在地，连带着把朋友L的桌子也撞翻了，现场顿时一片狼藉。朋友L和他的同事们看到这种情景，赶快把这男人扶起来，仔细问询并查看是否受伤。当这位男人颤颤巍巍地站起来后，很是生气，就找那几个年轻人理论。朋友L怕他一个人吃亏，就劝说他不要再去理会，并且提议道："就你一个人，有道是'不打不相识'，我们干脆一起吃吧。"朋友L又重新点了酒菜，这个男人也坐到他们那一桌子，一群人继续享受夜市的精彩。

席间，大家推杯换盏，互相随意地聊着。当这位男人得知朋友L是做某类工程项目建设时，就说："郑州某某处正在建设一个某某项目，看有没有你们能做的业务？"朋友说："几个月来一直在跑这个项目的相关事宜，但效果不好。"这个男人详细询问了一些情况，临走前说："你们若是对这个项目感兴趣，下周一去找一个叫某某的人吧，也许他能帮上你们一点小忙。”

周一，朋友L也只是抱着试一试的态度，派了一个业务人员去这家公司，报出了夜市上男人留下的姓名。办理完会客手续后，保安带着业务员来到办公楼。当业务员走到挂着“集团公司总经理”门牌的门口时，才觉得那位男人留下的姓名可能是个大人物。当推开门的那一瞬间，这位业务员才真正傻眼了——眼前的这个集团总经理，正是前天晚上在夜市上被撞倒的那位陌生男人。当然，双方在轻松愉快的说笑中达成了合作意向。

后来，朋友L和这位总经理谈起那个合作项目时，问道：“这么大的建设项目，在我们进入以前，你们已经找到了合作商，为什么这么轻易地又让我们做了？”这位总经理说：“我们的合作是一种缘分。其实，最重要的是从夜市的那件小事中，我看到了你的善良与宽容，这是你们这一代年轻人中少有的品质和态度。这样的人不仅是良好的合作伙伴，也一定会拥有广阔的发展空间。”

### 心灵感悟

播种善良，才能收获希望；洒下宽容，才能收获快乐。无论何时何地，拥有一颗善良的心，都会让自己脚下的路越走越宽。

# 31　最美丽的面孔

去年春节，我回老家探亲，见到了多年不见的老同学和老朋友。重逢的喜悦过后，我发现，这些昔日熟悉的朋友，一个个面容都发生了改变。这种变化，不单单指脸上有了皱纹，更重要的是，他们各自的性格也悄悄写在了脸上，改变了他们的面貌。

原先开朗的，有了一副开朗的面容；原先固执的，有了一副执拗的眼神；原先狭隘的，嘴角也多出几分刻薄。同学之中，被我们称作“茉莉花”的、最温柔可亲的王小莉，上学时容貌并不出色，此番见了，却变得那样亲切动人，美丽出众。

难道，我们自己可以改变自己的面容吗？

我询问了许多人，查阅了不少资料，答案是：是的。

人的容貌是可塑的，我们可以用自己的行为和思想来改变自己的容貌。

美国总统林肯的一位朋友，有次向他推荐某人，待见过面后，林肯却没用他。朋友来问原因，林肯说：“我不喜欢他的长相。”

朋友说：“你怎能以貌取人？这也太苛刻了，他不能为自己天生的面孔负责啊！”

林肯回答道：“不，一个人过了30岁就应该为自己的面孔负责任。”

亲爱的读者，这就是我们中国人说的“相由心生”，认为一个人的外表由心灵决定。这就告诉我们——我们要为自己的面孔负责。有人开玩笑说，自己的面容“30岁前靠父母，30岁后靠自己”，这也是同样的道理。

因此，善良使人美丽，美好的品行带来良好的气质，你不用怀疑了吧？

在成长的过程中，你做过的事，说过的话，动人之处都会存在心里，点点滴滴积累起来，渐渐改变你的眉梢眼角，鼻子嘴巴，慢慢地，令你周身透出可亲、动人和美丽的光芒。

真正的美，是从心灵深处来的，它是善的代名词。这样的美，才会热烈、持久，不管你是18岁，还是80岁，都一样充满迷人的魅力。

有时候，你也会发现，美丽如此容易，一个并不完美的外表，因为有了美丽的灵魂，折射出的美感竟是这样动人心魄，令人匪夷所思。

我到今天还清楚地记得一位中年妇女的脸。

那时候，我大概十四五岁，暑假时坐火车从成都去德阳的同学家玩。对面坐着一位大妈，穿一件朴素、过时的衬衣，衬衣的领子扣得紧紧的，长了一副再普通不过的面孔——如果你到四川的乡下去，随处都可见到这样的长相。

天气热极了，我坐着坐着，只觉得头晕目眩，周围的声音越来越小，不知怎么搞的，身子一歪，“扑通”一下就倒在了地板上。过了好久好久，我感受到一阵清凉的气息，睁开眼睛，面前出现了这位大妈的脸。她正轻轻托着我的头，一点一点给我喂水。她离我那么近，眉眼细致，五官生动，满脸的关怀令她恍若圣母。我这才知道自己中暑了，并且还吐了个满身狼藉，都是这位大妈给我擦拭干净的。我连连道谢，大妈笑起来，那笑容仿佛一朵绽开的花……

这是我记忆中最美的面孔，最动人的笑容。

这件事，也使小小的我深受震撼：原来，善行使美丽如此容易。

### 心灵感悟

一颗善良的心，比得过任何服饰、珠宝和装扮。善良所带来的美丽，不仅发自内心，溢于言表，并且持久高贵。

## 32　爱心的功效

《圣经》上说，有个人招待了一群客人，等客人离去，才发现他们原来是上帝派来的使者。从此做父母的就教导孩子们说，碰到衣衫破烂或长相丑陋的人，切不可怠慢，而要帮助他，因为他可能是天上的仙人。

这常常使我想起多年前在费城亲身经历过的一件事，每想起这件事，我心里便觉得快慰。

那是一个刮风的雨夜，我投宿的旅店来了一对上了年纪的夫妇。他们行李简陋，身无长物。那男人对旅店伙计说：

“别的旅店全都客满了，我俩在贵处借住行吗？”

年轻的伙计解释说：“城里同时在开三个会，所以全城到处客满。不过我也不忍心看你们两位没落脚处。这样吧，我把自己的床让给你们。我自己？不碍事，在柜上搭个铺就行。”

第二天早上，老人付房钱时对伙计说：

“年轻人，你可以当得了美国第一流旅馆的经理，兴许过些日子我要给你盖个大旅馆。”

伙计听了，畅怀大笑。

两年过去了。一天，年轻人收到了一封信，信里附着一张到纽约去的双程飞机票，约请他回访两年前那个雨夜里的客人。

年轻人来到了车水马龙的纽约，老人把他带到第五大街和三十四街交汇处，指着一幢高楼说：

“年轻人，这就是为你盖的旅馆，请你来当经理。”

不错，这位当年的年轻人就是如今大家都熟识的纽约首屈一指的奥斯多利亚大饭店的经理乔治·波尔特，那位老人则是拥有亿万家产的威廉·奥斯多先生。

所以你瞧，父母们说得对：我们该好生帮助那些向我们求助的陌生人，因为褴褛衣衫的后边可能有一对天使的翅膀呢！

### 心灵感悟

乔治·波尔特做梦也想不到，自己不过是做了力所能及的一件小事，竟有如此巨大的回报。其实，生活中总有许多平凡的小事，使我们感到温暖，觉得生活充满了亮色，这就是爱心的功效。

# 33 赠人玫瑰，手有余香

一天晚上，我们一家外出散步，不觉天已黑透。回到小区，才知道小区已不明原因地停电。踏入小区大门后，无边的黑暗让我们举步维艰。正当我们不知如何是好时，一束光亮划破黑暗直照在我们面前。一看就知是住在我们家楼上的一户邻居所为。他们耐心地照着我们走过了那段黑暗的路，而我却不知道他是谁。

那时，我心里非常感动，生活在这个繁杂的城市里，邻里之间的关系似乎很冷漠，平时碰到，有时连头都难得点一下就擦身而过，那紧闭的门扉好像在拒绝任何人情味的介入。没想到，在我最需要帮助的时候，就是这些平时并无交情的邻居在帮助我们，我心里不由得涌上一股浓浓的温情。

前段时间，我从本市的日报看到停电的通知，早早就做好了准备：一支光亮的手电筒和几支蜡烛。停电当晚，我没有外出。当我在家里听到一些邻居摸黑回家时，就赶紧拿出手电筒，像上次那个邻居照亮我一样去照亮他们。楼上的邻居经过我家门口时，不断向我道谢。我一直照着他们回到家才返回。刚下了几级楼梯，就听到那个年轻女人对她丈夫说："哎，我们有一次好像也帮她照过路呢！"丈夫笑嘻嘻地说："这叫好心有好报，老天爷那里有一个专记好人好事的账簿，做了好事总会有回报的……"

是啊，好心有好报。我们生活在这个社会里，每个人总会碰到可以帮助别人的机会。只要我们在别人需要时伸出援手，自己就有可能获得别人的帮助，这是一个良性的因果循环，也即是人们常说的“好心有好报”吧。

那天晚上，我除了帮助曾帮过我的邻居照亮了回家的路，还帮助了其他的邻居。看到他们对我充满感激的表情，听着他们那些感谢的话语，我自己也觉得感动和快乐。毕竟，帮别人一点点忙，就能获得这么多的感动，这是我始料不及的。原来接受别人的帮助和帮助他人，都同样能获得感动和快乐！这就是“赠人玫瑰，手有余香”的道理吧。

## 心灵感悟

施比受更有福！有时候，一个发自内心的小小善行，也会铸就大爱的人生舞台。

# 播种善良，我行我善

善的源泉是在内心，如果你挖掘，它将汩汩地涌出。

——奥勒利乌斯

善良是沉睡在心田的种子。善良的种子不会理所当然地成长，需要用心去培育：它需要有爱的土壤；它需要积攒每一次细小的行动；它需要温暖的引导……善良的种子会随生命而成长，请给予它机会，让它在心底绽放。

# 34 珍贵的头发

附近学校组织学生来医院探望化疗儿童时，我认识了她，一个调皮捣蛋的小女孩。同学们都管她叫野丫头。

自此以后，野丫头经常会来医院逛逛，她悄悄地跟我说：“你长得真像我爸爸。”我笑笑：“那你以后就叫我爸爸吧。”后来，我偶然得知，野丫头的父亲已患癌症去世。顿时，我从那双原本天真无邪的眼睛里，读到了深不见底的忧伤。我忽然明白，为何她要时时刻刻来叮嘱我，给那些癌症病人打针的时候得轻点儿。我估计，她的亲生父亲曾用绝望的挣扎告诉过她，癌症，就是一种让人疼痛至死的酷刑吧。

周末，她又来看我了。这次，显然是刚洗完澡，细密而枯黄的头发潮湿地散落在肩上，脚上趿拉着一双画有加菲猫的卡通拖鞋。我说：“丫头，今天新进来一位小朋友，我很忙，可没时间陪你了啊。”

我走进病房，给那位满脸忧伤的小男孩配药水，告诉他，如果他肯积极地配合术后化疗的话，一切都会好起来。可惜，我那些职业性的话语并没有为他减轻半点哀伤，他反而含着泪问我：“叔叔，到底都是要死的，对吗？”我不知道该不该对这个小男孩说谎。的确，他说得很对，像这样的症状，我从未发现有生还的病例。可是，我又不忍告诉他实情。因为，他是那么弱小，以至于我一低头便能闻到残留于他身上的奶腥味。

“不，不是的，你会好起来的！”一个娇气的声音打破了尴尬的沉静。我回头一看，野丫头一脸傲气地站在那儿，仿佛是在陈述一个不可更改的事实。

“不会的，你骗人！”小男孩晶莹的泪珠在眼眶里打转，仿佛挂在房檐上的雨滴。“我没骗你，是真的。我爸爸曾经患了和你一样的病，可后来，他也一样好起来了。”

“你爸爸在哪儿？”小男孩将信将疑地问。

“爸爸，告诉他，你是不是也曾患过这样的病？”丫头上来扯住我的大褂，信心十足地问。

“是的。她的父亲曾经也患了同样的病。”我确定自己没有说谎。因为我所说的丫头的父亲，并非自己。小男孩仍旧有些狐疑，可从他瞬间的安定中可以看到，有一丝莫名的希望在他的心头逐渐闪耀起来。他的母亲在一旁感激地看着丫头。

接下来的生活让人出乎意料。丫头和小男孩成了无话不谈的好朋友，并且约定，每天放学后在医院门口见面。

小男孩的头发掉得愈加厉害。清晨，我时常能看到他的母亲悄悄地从枕头上抓起一大把头发，扔进楼道的垃圾桶。当我鼓足勇气跟丫头说小男孩病情日益恶化的时候，心里溢满了无边的愧疚，仿佛他此时的模样是我造成的一般。丫头笑笑，踮起脚尖拍拍我的肩膀：“爸爸，没事儿，一切都会好起来的！”说这些话的时候，我分明看到丫头眼里的泪花。小男孩的母亲说，过些天是他的生日，想要丫头送他一件有意义的礼物，说着，给了我一些钱。我又塞回了她的口袋里。我把这个消息告诉丫头后，丫头显得有些为难。我说：“要是你需要钱的话，我这里有。”丫头看看我，转身消失在车水马龙的街道。

几天后，小男孩的生日到了，他很早便站在医院门口等丫头。当丫头从人群里蹦出来的时候，我们几乎没有一个人认出她来——粉红蕾丝花边的连衣裙竟配上了参差不齐的短发！正当小男孩看着她的脑袋一脸诧异的时候，她将双手从背后伸了出来。

那是一捧多么柔韧细密的长发啊！在昏黄的日光中，散发着动人的光泽。“送给你，这是我的头发。虽然我很喜欢很喜欢它，但是我相信，你会比我更加珍爱它！”

顿时，热泪从小男孩憔悴的脸上奔涌开来。我知道，他一定喜欢这捧极其珍贵的头发。因为，那是无数善良的种子在头顶上开出的花儿。

### 心灵感悟

*每一颗纯真的童心，都是一粒善良的种子。用爱心去浇灌它，无数善良的种子便会开出花来。*

## 35 第100个客人

中午就餐的高峰时间过去了，原本拥挤的小吃店客人都已散去。老板正要喘口气翻阅报纸的时候，有人走了进来。那是一位老奶奶和一个小女孩。

“牛肉汤饭一碗要多少钱？”奶奶坐下来拿出钱袋数了数

钱，叫了一碗汤饭，热气腾腾的汤饭。

奶奶将碗推到孙女面前，小女孩儿吞了吞口水，望向奶奶："奶奶，您真的吃过午饭了吗？"

"当然了。"奶奶含着一块萝卜泡菜慢慢咀嚼。一晃眼工夫，小女孩就把一碗饭吃了个精光。

老板看到这副景象，走到两人面前说："老太太，恭喜您，您今天运气真好，是我们这里的第一百个客人，所以这碗汤饭是免费的。"

一个多月后的一天，小女孩蹲在小吃店对面像在数着什么东西，使得无意间望向窗外的老板吓了一大跳。

原来，小女孩每看到一个客人走进店里，就把一颗小石子放进她画的圈圈里。但是午餐时间都快过去了，小石子却连50颗都不到。

心急如焚的老板打电话给所有的老顾客，他问："很忙吗？没什么事，我要你来吃碗汤饭，今天我请客。"不久，客人开始一个接一个地到来了。

"81，82，83……"小女孩数得越来越快。终于，当第99颗小石子被放进圈圈的那一刻，小女孩匆忙拉着奶奶的手走进了小吃店。

"奶奶，这一次换我请客了。"小女孩有些得意地说。真正成为第一百个客人的奶奶，让孙女招待了一碗热腾腾的牛肉汤饭。而小女孩就像之前的奶奶一样，含了块萝卜泡菜在口中咀嚼着。

"也送一碗给那小女孩吧。"老板娘不忍心地说。

"那小女孩现在正在学习不吃东西也会饱的道理哩！"老板回答说。

吃得津津有味的奶奶问小孙女："要不要留一些给你？"

没想到小女孩却拍拍她的小肚子，对奶奶说："不用了，我很饱，奶奶您看……"

心灵感悟

一念善心助长一棵幼苗，而这棵幼苗也必将成材。

## 36 善良的拯救

从火热的公交车站跨上空调车的那一瞬，胥富感觉一股森森的凉气扑面而来。这些凉气，来自汽车上方的通风管道，也来自车上乘客们的眼睛。

照理说胥富是不该上这辆空调车的，因为票价比别的公交车贵出一元钱。一元钱，可以买将近一斤糙米，足够他吃上一天。

但今天，他态度非常坚决，因为今天他要做一件大事情，他觉得自己这辈子很难得做一次大事情，总应该选一辆对得起这件大事的漂亮车才行。

于是，他选了一辆最新最漂亮的空调汽车。为此，他在车站上足足多晒了10 分钟。售票员卖完票后，很不耐烦地说："往后站，往后站！"胥富不知道是自己身上的旧工作服还是自己被太阳晒得泛着黑色油光的脸惹售票员不舒服了。他愤愤然地咬咬牙，但想着自己即将要做的大事，又忍住了，只下意识地捂紧身上的黄挎包。

这时，身后一个脆脆的声音喊道："叔叔。"胥富没理睬，这个城市里没人会这样喊他。"叔叔！"又叫了一声，还是脆脆的。胥富回头，看到一个大约十岁的小女孩正冲自己笑。

"你的脚上有伤，来坐吧！"小女孩发出邀请。胥富仔细看看小女孩的眼睛，那清澈的眼睛里没有半分奸猾，他又看看小女孩让出的半个位置，那上面也没有口水或泡泡糖之类的东西。

小女孩指指自己的脚，说："我的脚也有伤，只能让你半个位置。"

胥富看着她的脸，禁不住想哭，但一个大男人在公交车上，当着一个小女孩的面哭实在是不光彩的事。于是，他咬咬牙，对女孩说："叔叔不累，你坐吧。""可你的伤口已经化脓了，你来坐吧！"女孩伸手拉他，她的手嫩嫩的胖胖的。这使他想起自己女儿的手，细细的黑黑的，一晃已经三年没看到她了，不知她是不是胖了一些。

他坐下，周围有人开始捂鼻子。女孩问："叔叔，你的腿是怎么受伤的？""钢筋扎的，在工地上。""我的伤是滑滑板摔的。对了，你怎么没去医院？""没钱，包工头已经八个月没发工资，他……跑了。""那……你就这么拖着？""不，我涂了药的。你看，那黄的就是，壁虎酒，可管用了，我们被蚊虫叮咬时都用它。"

"可是已经化脓了。"小女孩努力挤了挤身子，从背后把书包拎过来，取出两盒药，说："这个送给你吧，我的伤快好了，我不用吃了。喏，再给你半瓶水，你别嫌我喝过，快把药吃了吧，这样很快就不疼了。"

小女孩像个小老太太，不停地唠叨着。胥富吃过药，只觉得心里凉丝丝的。

这时，车到站了。小女孩说：“叔叔，我要下车了，你走好。我妈妈说，无论是什么伤，都会好起来的，你保重。”

胥富点点头，泪如雨下。小女孩一瘸一拐地下了车。车开了，胥富盯着她的身影消失在人群中，把手中的黄挎包抱得更紧了。

车又静静地朝前开，世界依旧在静静地运行着。小女孩永远都不知道，胥富的黄挎包里装着三公斤炸药和七支雷管。她更不知道的是，因为她那几句胥富从未听过的亲切话语，使胥富放弃了干一件惊天大事的冲动。胥富想干的大事就是让一辆最漂亮的空调车与自己一起在城市最热闹的地方化为灰烬。

### 心灵感悟

许多事情就是这样奇妙，挽救和毁灭一个灵魂，常常就是看似那么简单的几句话，或是不经意的动作。用你的善良，去温暖每一个人，你愿意吗？

# 37　每一条小鱼都在乎

在暴风雨后的一个早晨，一个男人来到海边散步。他一边沿海边走着，一边注意到，在沙滩的浅水洼里，有许多被昨夜的暴风雨卷上岸来的小鱼。它们被困在浅水洼里，回不了大海，虽然大海近在咫尺。被困的小鱼，也许有几百条，甚至几千条。而用不了多久，浅水洼里的水就会被沙粒吸干，被太阳蒸干，这些小鱼都会干死的。

男人继续朝前走。

他忽然看见前面有一个小男孩，穿着白色T恤和黄色吊带裤，赤着脚，不像其他小孩一样在沙滩上奔跑、玩耍，而是走得很慢，不停地在每一个水洼旁弯下腰去——他在捡起水洼里的小鱼，并且用力把它们扔回大海。

男人停下来，注视着这个小男孩。小男孩每捡起一条小鱼，嘴角就微微上翘，然后用尽全身力量往上跳，把小鱼扔到尽可能远的地方。看着小鱼跳进大海时溅起的浪花，小男孩笑了，男人脸上也露出欣慰的微笑，但随即又皱起眉头来。

终于，这个男人忍不住走过去："孩子，这水洼里有几百几千条小鱼，你救不过来的。"

"我知道。"小男孩头也不抬地回答。

"哦？那你为什么还在扔？谁在乎呢？"

"这条小鱼在乎！"男孩儿一边回答，一边拾起一条小鱼扔进大海。

“这条在乎，这条也在乎！还有这一条，这一条，这一条……”

### 心灵感悟

这是一个被选用过无数次的经典故事。那个寻常男孩的小小善举，多少年来征服了无数的人……

## 38 善良也是从小长大的

有“中国首善”之称的民营企业家陈光标，小时候家里很穷。夏天中午放学以后，倘若有空，他总要挑水到离家1.5 公里的集镇上去卖。“卖水啦，卖水啦，1分钱随便喝。”尽管这童稚的吆喝声，以及廉价的水并不会给他带来多少钱，但陈光标还是一分一分地挣，以此补贴家用。

暑假，陈光标在卖水的过程中，碰到了一个陌生人。那个人看到可爱的小光标后，不知道为什么，他从兜里掏出2 毛钱，给了陈光标。这2毛钱对于小光标来说，是一个大得惊人的数目。看起来，那个人似乎也并没有多渴，只是象征性地喝了两三口水，然后，留给小光标一个微笑就走了。

那个暑假，小光标为母亲足足挣到了4 元钱。然而，比这更重要的是，他遇到了那个让他一辈子都忘不了的人。用陈光标的话说，那2毛钱，是他人生中第一次得到的“一双大手”的扶持，温暖，有力，刻骨铭心。

小光标深深记住了那个人，而那个人的所作所为，也在他的幼小心底埋下了行善的种子。因为那个人的行动，让他懂得了，一个人的给予，对于深陷困境的人有多么重要。光标五年级的时候，有一次到一户人家去理发。当时，这户人家的邻居家正在杀牛，当他看到一把尖刀捅到牛脖子里，牛发出低沉的哀嚎时，小光标说什么也不理发了。他心里暗暗决定，要解救剩下的几头牛。

他决定先踩好点。他发现，那家的院墙并不高，门是用芦苇扎的，而且只是用绳子简单拴着。半夜，他从自己家找到一把剪刀，带在身上，然后悄悄潜入那家的院子里，“咔嚓咔嚓”剪断了所有拴在牛鼻子上的缰绳，然后推开那扇芦苇扎的院门，把牛赶跑了。

第二天起来，当光标看到杀牛那家的女人拿着刀子在院子里破口大骂时，不由得乐了。因为生命底处的大悲悯，让光标做出了这样一件近乎顽劣的事情。然而，正是因为拥有这样一颗悲悯之心，才会有在地震的第一时间赶到汶川的他，才会有在第一时间拿出钱来赈济灾民的他。

从童年出发的悲悯，是氤氲在一个人灵魂深处的云层，它最终会在最紧要的时候，聚升凝结，化为甘霖，润泽尘世。

## 心灵感悟

一个人心底的善不会简单到信手拈来，也不会容易到一触即发。它不是无源之水，也不是无本之木。善良也需要栽培，也是要慢慢长大的。

# 39 给善良一片土壤

善良是温暖的阳光，无私地照耀着大地；善良是雨露甘霖，悄无声息地滋润万物。善良的生命力是极其强大的，浮云遮不住人们对善良的期盼。

2005 年3 月1 日下午，22 岁的女大学生高春娜从老家青海返回湖南大学广播影视艺术学院。在火车站旁的一个小胡同里，她突然听到身后传来一位中年妇女惊慌失措的叫喊声："有人抢我的包！"此时，抢包者恰好从高春娜身边飞快地跑过。高春娜立刻奋力向前追去，终于追上了抢包者，双手紧紧攥住那只包。抢包者恼羞成怒，拔出刀子狠狠地刺向她的胳膊。殷红的鲜血顿时流了出来，可她仍不松手。此时，后面有几位行人也追了上来，抢包者见势不妙，扔下包夺路而逃。丢包的中年妇女也赶了过来，她捧着包连声道谢，同时抱着满身是血的高春娜流出了感动的泪水。

受伤后的高春娜准备去医院包扎伤口，可一摸口袋，发觉自己的钱包被偷了。她只好投奔在车站附近的朋友家。朋友被她的善良和勇敢打动了，在大学生的论坛上发了一个帖子，描述高春娜见义勇为的经过。出人意料的是，居然有人在网上留言，质疑或指责高春娜，认为她赤手空拳跟持刀歹徒搏斗的故事是假的，或认为这件事是虚伪的高春娜一手策划的。陌生人对高春娜的质疑与指责激怒了高春娜的同学，她们纷纷在网上留言，义愤填膺、理直气壮地进行反驳。为这场日益激烈的“舌”战画上圆满句号的是小偷的现身作证。那个小偷被高春娜见义勇为的行为震撼了，把钱包寄给了湖南大学校长，并恳求校长证明她的清白。高春娜得到了学校的奖励，她却把1000元奖金全部捐给了希望工程。

至此，人们才真正认识到，高春娜挺身而出的行为是其善良的天性使然，正如她自己所说：“被误解时，我很难过，但我没后悔。即便让我再选择一次，良心也会告诉我冲上去。即使没有人给我作证，我的良心也会给我作证。”这番话，更加深刻地展现了高春娜的人格境界。高春娜对善良的坚守，能荡涤世间的污秽，濯洗人们的心灵。

### 心灵感悟

有善良相伴，世界才会充满温暖；与善良同行，人生才能充满温馨。给善良一片成长的土壤，用心栽培，善良之花才能愈开愈艳！

# 40 瑞恩的井

“瑞恩的井”是一个国际资助基金会，自2001年3月正式成立以来，该组织帮助非洲的多个国家打水井，为当地人民解决饮水问题作了重要贡献。让人惊讶的是，这个基金会来源于加拿大一个普通小男孩的感人故事。

1998年的一天，6岁的加拿大男孩瑞恩·希里杰克一放学，就迫不及待地冲进家，向妈妈伸出手说：“妈妈，给我70元钱。我要给非洲的孩子挖一口井，好让他们有干净的水喝。”妈妈一时还没有明白过来。

原来，那天老师在给一年级学生上课的时候讲道：“在非洲，许多孩子住在条件很差的草棚里，由于没有足够的食物和饮用水，又缺少药物，许多儿童在饥饿、疾病中等待死亡。如果人们能捐出70加元，就能帮他们挖一口井，让那里的小朋友喝上干净的水。”小瑞恩听了感到十分难过。

“他们不应该过那样的生活，70加元就可以修一口井，那里的小朋友就能喝上干净的水。”这些话一直在瑞恩的脑子里回旋。“我一定要为他们挖一口井。”瑞恩下定了决心。所以，一回家，瑞恩就迫不及待地跟妈妈要钱。面对瑞恩的请求，妈妈说：“瑞恩，70加元可不是小数目，得靠你自己去挣。”瑞恩爽快地答应了。

妈妈在冰箱上放了一个旧饼干盒，并为瑞恩画了一个积分表，上面有35个格。饼干盒里每增加两加元，瑞恩就可以涂掉一格。妈妈说：“瑞恩，记住，你只能靠做额外的家务活来赚这些钱，愿意吗？”瑞恩点了点头。

从此，瑞恩开始用闲暇的时间努力做家务。瑞恩的第一项工作是为地毯吸尘。哥哥和弟弟都出去玩了，瑞恩则待在家里做了两个多小时。妈妈检查后，往饼干盒里放了两加元。几天后全家人去看电影，瑞恩一个人留下来擦了两个小时窗子，又挣了两加元。爷爷知道了瑞恩美好的心意，便雇他去捡松果；暴风雪过后，邻居们请他去帮忙捡落下的树枝；考试取得好成绩，爸爸给予了奖励……瑞恩把所有得到的钱都放进了那个饼干盒。每次往里面放钱，瑞恩就十分兴奋。“快了，快了！”小瑞恩经常看着饼干盒念叨。

35个格子终于被涂掉了，小瑞恩激动极了！4月下旬的一个早上，瑞恩兴奋地抱着装有零钱的饼干盒来到募捐办公室，把辛辛苦苦挣来的70加元交给募捐项目的负责人。

“太谢谢你了，瑞恩！”项目负责人接过捐款，向瑞恩介绍了在非洲进行的“洁净的水”募捐项目。最后，她不好意思地说：“70加元其实只能买一个水泵，挖一口井得要2000加元。”小瑞恩不知道2000加元是个多大的数目，他只是兴奋地说：“那我再多干些活来挣更多的钱吧！”

可是，让瑞恩通过干活来攒够2000加元，实在是太难了。尽管如此，瑞恩并没有放弃。妈妈的一位朋友被瑞恩的坚持不懈感动了，她决定帮帮这个善良的孩子。于是她把瑞恩的事写成文章，登在当地的报纸上。很快，瑞恩的故事传遍了整个加拿大。

一周以后，瑞恩收到了一张25加元的支票。没过多久，又收到另外一张支票。从此以后，瑞恩不断收到捐款，在短短的两个月时间里，瑞恩筹齐了2000加元。

9月，加拿大援助会驻乌干达办事处的工程师专程回国，和瑞恩一起讨论有关打井的事。那位工程师告诉瑞恩：“人工凿井是一项艰巨的工作，大概要20个工人干10天才能完成。如果有一台钻井机，凿井的速度就快多了。”

“那我来攒钱买钻井机吧。”一声不吭的瑞恩突然说，他的声音很小，但很坚定，“我想让非洲的每一个人都能喝上干净的水。”

慢慢地，瑞恩的行动感动了越来越多的人，许多人纷纷加入到这一善举中，“瑞恩的井”基金会也成立了。

后来，瑞恩·希里杰克被人称为“加拿大的灵魂”，被评选为“北美洲十大少年英雄”。瑞恩的故事影响和感动着越来越多的人，让大家投入到关爱和帮助他人的行列中去。

### 心灵感悟

6岁的小瑞恩用自己的行动点燃了其他人善良的心。所以，请相信自己！一颗小小的爱心，也能充满无穷的力量！

# 41　善良是一颗种子

社区里的几位年轻妈妈组织了一次亲子活动，让每个小宝宝讲述一个心愿，送给地震灾区。

最喜欢玩具汽车的小虎，收集了几十种大大小小的玩具小汽车，他将一辆辆小汽车排成整齐的队伍，对妈妈说，要让这些汽车装上解放军叔叔去抢救伤员。他指着第一辆车说，要让它第一个开到，赶紧将埋在房子里的小朋友挖出来。那是一辆玩具铲车。

嘟嘟平时最喜欢玩搭积木游戏，她用魔力磁棒搭了一座房屋，一边搭，一边自言自语：要搭得牢一点，大一点，这样，小宝宝们就都有住的地方，再也不怕“动震”了。只有三岁大的嘟嘟，这几天总是把地震说成“动震”。她的小房子搭得歪歪斜斜，有一根柱子看起来摇摇欲坠，急得嘟嘟哭了起来。妈妈帮她将那根柱子重新装好。小房子稳了，嘟嘟笑了。

宁宁只有两岁多，刚刚学会说话，她的怀里，抱着一只玩具熊猫宝宝，这是她最心爱的玩具，每天晚上，她都是抱着熊猫宝宝入睡。妈妈告诉她，就是熊猫宝宝的家乡发生地震了。宁宁似懂非懂地点点头，她指着怀里的熊猫宝宝对妈妈说，要把这个给电视里的姐姐玩。妈妈点点头，她明白“电视里的姐姐”就是她们一起看电视时看到的，躺在担架上的那个小女孩。

五岁的囡囡有个很大的心愿，她要种脚丫！妈妈们哑然失笑，脚丫怎么种啊？囡囡伸出一只脚，很认真地说，把脚丫种在泥土里，撒上土，就会长出脚丫树来。

妈妈问：“为什么要种脚丫啊？”

囡囡想了想，说：“脚丫树长大了，就会长满了脚丫，到时候，我们就把这些脚丫都摘下来，送给他们，他们的腿被锯掉了，没有了脚丫，多可怜啊！”

种脚丫，这是多么神奇的想象啊！年轻妈妈们的眼里，噙满了感动的泪水。

孩子们叽叽喳喳地，说出他们心中的愿望。一位妈妈感慨地说：“这几天，孩子们总是一边玩，一边跟着大人看电视，本来以为他们什么也看不懂，没想到他们幼小的心灵也被震撼了。虽然我很不愿意让幼小的孩子看到那样惨烈的场面，但是，看到孩子这么小就能有如此强烈的爱心，我还是感到很欣慰。”是的，脚丫不是种子，它不能真正发芽，长成一棵脚丫树。但善良是一颗种子，这颗种子，一旦被播种在孩子幼小的心灵里，就一定能够长成参天大树，并且在心里开出花来。

## 心灵感悟

童言无忌的天真，却如此让人感动。在自己的心底悄悄埋下一颗种子，等待它开出美丽的心灵之花吧！

# 42　请除去你眼里的梁木

他从小就是一个孤独的孩子。由于家庭贫困，他曾给人擦过皮鞋，做过童工。由于父母的工作时常变动，他们经常搬家，而他也常常跟着变换学校，有一年他甚至曾在四所学校上过学。陌生的环境让他养成了沉默寡言的习惯，他不敢与人接触，从来没有一个知心的朋友。

12岁那年，父母又搬家了，他随着大人从家乡搬迁到了圣保罗。在他居住的小区里只有他一个孩子，所以孤独感时常袭击着他幼小的心灵。在他生活的小区附近有一个富人居住的地方，那里有一些孩子，他们天天在小区旁的草地里踢球。每一次看到他们欢跃的身影，听着他们畅快的笑声，一派热火朝天的气氛，他就想加入他们，和他们一起踢足球。但是，他心里却非常担心，害怕这些富人家的孩子看不起他这个给富人擦鞋的穷孩子，担心他们会嘲笑他、拒绝他，甚至合伙捉弄自己。内心的重重顾虑，使他闷闷不乐。

有一次，那群富人家的孩子又在踢球，他站在不远处，羡慕地看着他们。有一个孩子冲他喊："嘿！来和我们一起玩吧。"他却没有接受邀请。他想这些孩子是想把他骗到草地上，要捉弄他，于是转身跑开了。回到家里，他在母亲面前掉下了眼泪。母亲问他："孩子，你怎么了？"他哭着说："妈妈……我想和那些富人家的孩子一起踢球……可是，我怕他们会看不起我，会捉弄我。”

“他们欺负过你吗？”母亲问。

“没有。”他回答。

“他们捉弄过你？”母亲又问。

他摇了摇头。

“那你怎么能认为别人会看不起你，会欺负你呢？”母亲说，“孩子，别总在心里把别人想象得多么可怕，多么坏。不要让你眼里小小的刺变成梁木，挡住你本可以发现美好的眼睛，你的眼里，连一根刺也不可以有。鼓起勇气加入他们，你就会发现你周围的孩子都是那么可爱，那么友好。再说，你并不比他们缺少什么啊！去吧，孩子。”

听了母亲的话，他走出家门，在母亲的注视下，加入到那群踢球的孩子们中间，愉快地和他们玩了起来。很快，他便和那群孩子成为了好朋友，他们果然如母亲说的那样可爱，那样友好。

他叫卢拉，后来成为了巴西总统，被人认为是世界上出身最卑微的总统。可他却像阳光，像河流，给人温暖清澈的感觉，领导和激励着巴西人民减少失业、消除饥饿、稳定社会、大胆改革，使巴西在国际上的地位大大提升。在2005年母亲节那天，他发表电视讲话，祝巴西所有的母亲节日快乐，并讲述了上面的小故事。

“不要去想这个世界有多么肮脏，假如你老是活在自我想象的黑暗中，那是因为你眼里的刺已经变成梁木了，不要让刺有机会成梁木，而是连一根刺都不可以有。人重要的是心存美好。只要你抱着一颗友爱、信任的心去面对别人，你也会收获友爱、信任。这是母亲教会我的道理，它影响了我的一生。”卢拉最后语重心长地说。

“重要的是心存美好”，是的，先让自己的心灵纯净亮堂起来，除去眼里的梁木，谁还能带给你污点呢？你笑起来，世界就荡漾起笑容；你欢呼，天空也充满了回声。只要自己心存美好，一切便风轻云淡了。

### 心灵感悟

学会用善良的心去发现别人的好意，而不要用有色的眼镜去扭曲别人的善意。除去眼里的梁木，你会走进一个更美好的世界。

## 43　给善良一个机会

一群孩子在小区里玩耍，放学回来的儿子便也加入了他们的队伍。我在楼下等着，儿子突然跑过来，放下手中的书包，对我说："妈妈，我去帮一下小区门口修车子的老爷爷，他正在收拾东西回家，东西太多，会收到很晚的。"我点头答应了。

儿子轻快地跑了过去，我看到他帮着修车的爷爷把车胎、盆、板凳等一一送到车上。又有一个小朋友也想加入进去，但刚一伸手，便被远处的妈妈呵斥住了："回来，别摸那个，脏死了！"孩子瞅瞅妈妈，然后回到妈妈的身边。妈妈对她好一番教训。

儿子一边帮着修车的爷爷收拾东西，一边与爷爷说着什么，偶尔两人同时咧开嘴笑。儿子忙里忙外的，很是用心，那认真劲跟收拾自己心爱的玩具相比有过之而无不及。收拾完后，儿子跑到我面前，伸出两只黑乎乎的手让我看，一个劲冲我傻笑，告诉我老爷爷夸他是个好孩子，还挥动着一个两端凹进去的木块，说是老爷爷送给他的，他要转送给奶奶用来缠线。

儿子快乐地讲述着他刚才的工作，满脸的兴奋，他说老爷爷可以早一点回家了，明天有空的话，他还要帮老爷爷收拾。

尽管我一再躲着他的脏手，我的白衬衣上还是被他摸上了好几个黑手印。我并没有恼火，白衬衣脏了洗一洗就行，但如果孩子的善心没有了，那将会是多么可怕的事情啊！

我很庆幸，自己给了孩子善良的机会，也希望天下所有的父母都不要扼杀孩子的善心。

### 心灵感悟

勿以善小而不为，我们为何不给善良一个机会？

## 44　做一件让世界更美丽的事

当花婆婆还是小女孩的时候，住在一个靠海的小镇上。花婆婆的爷爷在他们家楼下开了一间店。到了晚上，还是小女孩的花婆婆就坐在爷爷的大腿上，听爷爷说些曾经发生在他身上的趣事。每次爷爷说完故事，花婆婆就接着说：“爷爷，我长大以后，也要像你一样去很远的地方旅行。当我老了，也要像你一样住在海边。”

“很好，”爷爷笑着说，“但是你一定要记得做第三件事。”

“什么事？”花婆婆问。

“做一件让世界变得更美丽的事。”

“好哇！”小女孩答得又快又大声。但是，她不知道将来会做什么事。她每天起床、洗脸、吃早餐、上学、放学、做功课、玩耍，这就是她的生活。

很快，小女孩长大了。她决定去做答应爷爷的三件事。她离开家乡，住在一个离海很远的城市里，并在图书馆工作。她经常在冬天下雪的早晨，散步到公园的温室看花草。潮湿、温暖的空气中，散着一种甜甜的茉莉花香。她深深吸了一口气：“嗯，有热带岛屿的气息，可惜这里不是热带岛屿。”因此，她来到一座真正的热带小岛。她到处旅行，穿过热带丛林，走过沙漠，看到狮子在游戏，袋鼠在跳跃。每经过一个地方，她都交了一些难忘的好朋友。最后，她还到了一个东方的小国家。在那里，她从骆驼背上摔下来，背部受伤了。她想了一想，决定做答应爷爷的第二件事情，到海边住下来。她常常望着大海，问自己：我答应爷爷，要做一件让世界变得更美丽的事，但是，要做什么呢？这世界已经够美了。

她在屋子的四周洒下一些花种子。第二年春天，她背部的伤又发作了，大部分的时间，她只能躺在床上。从房间的窗户看出去，可以看到蓝色、紫色、粉红色的花朵。她对自己说：“希望今年夏天，我可以下床撒更多种子。”但是，她一直躺着，没有办法下床。冬天过去，春天又来了。有一天，她慢慢走到山坡上，只见这儿开满了鲁冰花，她简直不敢相信自己的眼睛！回家后，她写信去订购了一大包鲁冰花的种子。整个夏天，她的口袋里装满了花种子，她一边散步，一边撒种子。她的背部不再痛了，每天高兴地出去播种。村里的孩子都喊她“怪婆婆”。

第二年春天，那些种子几乎同时开花了！她终于完成了第三件事，也是最困难的一件事。小朋友们经常站在“怪婆婆”的篱笆外面，看她种花，但孩子们已经不叫她“怪婆婆”，而改称她为“花婆婆”了。偶尔，花婆婆会请孩子们进到屋里，说故事给他们听。她经常说一些远方的故事。说完后，有一个小孩跟她说：“我长大后，也要像你一样去很远的地方旅行。当我老了，也要像你一样住在海边。”花婆婆笑着说：“很好，但是你一定要记得做第三件事。”

“什么事？”孩子问。

“做一件让世界变得更美丽的事。”

“好哇！”孩子答得又快又大声。

## 心灵感悟

花婆婆一生的梦想，就是做一件让世界变得更美丽的事。但这个世界并不只是因为她种的花而变美，更因为她心底的善良。

让我们都来做一件让世界更美丽的事吧！

# 我们的心灵家园

图书咨询热线：020－87772438

（第一期书目来源：青苹果大本营　截止时间：2010.8.20）

## 中国文化系列

《经典里的真善美》——最能滋养未成年人心灵的名家名作，让我们感悟文学的真善美

《粤语童谣精品》——粤语童谣的结晶，图、文、音多重的享受

经典指数：

## 心理系列

《蓝敏姐姐和你说》——一线心理工作者、超过1000例个案、超过3000个小时的心灵对话

《心灵图册》——精美的图画、童真的笔触，讲述管理情绪、获得自信、学会爱的故事

幸福指数：

## 美德系列

《人格成长关键词》——受用一生的美德故事和“心灵感悟”

感动指数：

## 行为系列

《我有好习惯》——近100个真实的好习惯养成故事，以同龄人视角道出习惯养成小秘诀

心动指数：

## 哲思系列

《小故事，大道理》——智慧与幽默的故事，展现生活百态，原来每个人都是小思想家

挑战指数：